俳句の向こうに昭和が見える

教育評論社

俳句の向こうに昭和が見える◉目次

Part *1* 五七五という戦後　11

昭和三十年代

昭和四十年代

昭和五十〜六十三年まで　133

天安門事件と日航機ハイジャック事件／昭和元禄と「なんとなくクリスタル」／ディズニーランド開園／日航ジャンボ機御巣鷹山墜落事件／昭和天皇崩御、そして、平成へ

Part *2*　五七五の面影　179

装幀・印刷設計
福澤郁文＋髙田真貴＋designFF

Part 1

五七五という戦後

昭和二十年代

敗戦と一億総懺悔／東京裁判／朝鮮戦争勃発／独立国への船出

	流行語	出版	できごと
昭和20年（１９４５）	本土決戦、ピカドン、浮浪児、ギブ・ミー・チョコレート、洋モク。	『生きている兵隊』（石川達三　河出書房）。	3月10日、東京大空襲、死傷者12万人。8月6日、広島に原爆投下、9日には長崎にも。8月15日、日本無条件降伏。
昭和21年（１９４６）	タケノコ生活、バクダン焼酎、カストリ、特飲街、パンパン。	『嘔吐』（サルトル・白井浩司訳　青磁社）。	1月1日、天皇、神格化を自ら否定。5月3日、極東軍事裁判始まる。肩が男のように盛り上がった米軍婦人士官の制服が日本人女性に流行。
昭和22年（１９４７）	アプレゲール、ブギウギ、乱闘国会、ゼネスト、青空教室。	『肉体の門』（田村泰次郎　風雲社）。絵本の出版が復活。	5月3日、日本国憲法施行。10月11日、ヤミ米拒否で判事が餓死。12月1日、１００万円宝くじ発売。この年の平均寿命は女性54歳、男性50歳。
昭和23年（１９４８）	鉄のカーテン、老いらくの恋、斜陽族、全スト、ノルマ。	『斜陽』（太宰治　新潮社）、『俘虜記』（大岡昇平　雑誌連載）。	1月26日、帝銀事件。11月12日、極東軍事法廷、東条英機絞首刑判決。クリスチャン・ディオールのロングスカート大流行。新宿歌舞伎町誕生。
昭和24年（１９４９）	駅弁大学、吊るし上げ、トイチ、自転車操業、ギョッ、ワンマン、アジャパー。	『長崎の鐘』（永井隆　日比谷出版社）。	1月1日、ＧＨＱ「日の丸」の掲揚を許可。4月23日、１ドル３６０円の為替レート実施。12月10日、湯川秀樹、日本人初のノーベル賞受賞。
昭和25年（１９５０）	とんでもハップン、特需景気、ニコヨン、アルサロ、三十八度線、ナイター。	『チャタレイ夫人の恋人』（ロレンス　伊藤整訳　小山書店）。	1月7日、初の千円札（聖徳太子）発行。6月25日、朝鮮戦争勃発。都内のデパートが中元・歳暮セールを再開。イタリアから「サラミ」が輸入される。
昭和26年（１９５１）	社用族、三等重役、折伏、老兵は死なず、ノーコメント、エントツタクシー。	『ものの見方について』（笠信太郎　河出書房）。	4月1日、国連軍最高司令官マッカーサー元帥解任。9月8日、対日講和条約調印。初の老人ホーム東京に誕生。セメント、肥料、砂糖業界が好調で「三白景気」と言われる。

昭和27年（1952）	黄変米、ヤンキー・ゴーホーム、火炎びん、さかさくらげ、プー太郎、エッチ。	『千羽鶴』（川端康成　筑摩書房）。	4月9日、日航機もく星号三原山に墜落、37名全員死亡。5月1日、血のメーデー。妊娠中絶をする中学生が現れ、文部省「純潔教育」を再検討。ビタミン・ブーム。
昭和28年（1953）	八頭身、三十娘、戦後強くなったのは女と靴下、バカヤロウ解散、コネ。	『第二の性』（ボーヴォワール　生島遼一訳　新潮社）。	2月28日、吉田茂首相、国会でバカヤロウ発言、国会解散。小学校教育に器楽（ハーモニカ、木琴、たて笛など）が導入される。12月25日、奄美大島日本復帰。
昭和29年（1954）	ロマンスグレー、空手チョップ、死の灰、リベート、三種の神器。	『潮騒』（三島由紀夫　新潮社）、『文学入門』（伊藤整　光文社）。	1月7日、造船疑獄摘発。9月6日、黒澤明監督の「七人の侍」と溝口健二監督「山椒大夫」がヴェネチア映画祭銀獅子賞受賞。プロパンガス家庭に普及しはじめる。

参考文献『昭和・平成家庭史年表』（河出書房新社）以下同じ。

新しき猿股ほしや百日紅

渡辺白泉

「猿股」をはいていた。高校生になったころ、猿股から「パンツ」または「ブリーフ」に変わった。でも、今でも数枚の猿股を持っており、夏場にはそれを愛用している。昔は、つまり少年時代の猿股は白いものしかなかったが、今はプリント地の多彩なものがある。猿股のまま外を歩けそうな感じだ。

「広辞苑」で「猿股」を引くと、「男子が用いる腰や股をおおう短いももひき。さるももひき。西洋褌《ふんどし》」とある。西洋褌という言い方が示しているように、それ以前には男子の股を覆うものに褌があった。

褌→猿股→ブリーフ

右のような変化が男子の股周辺で生じたのだ。ちなみに、やはり「広辞苑」で「褌」を引

く と、「男子の陰部をおおい隠す布。たふさぎ。したおび。はだおび。まわし。ふどし」とある。念のために「ブリーフ」も引いたら、「体にぴったりした短い男性用下ばき」とあった。ふんどしは陰部を隠すことに、ブリーフは股周辺をぴったり包むことに主目的がある、ということがこの定義の違いだろうか。

さて、白泉の句だが、新しい猿股が欲しいなあ、あっ、百日紅が咲いてるなあ、というのである。百日紅のサルスベリという読み方からは、その木のつるりとした、猿でも滑りそうな木肌を目に浮かべる。だから、この句から、真新しい猿股をはいて百日紅の木に登っている猿みたいな人を想像してもよい。楽しいというか、おのずと笑ってしまいそうな光景だ。

実は、この句には「終戦」と前書きがついている。太平洋戦争の終わった感慨がこの句なのだ。作者は昭和十九年六月に応召、横須賀海兵団に入り、土浦航空学校で気象講習を受けて監視艇に乗った。終戦を迎えたのは黒潮部隊函館分遣隊においてだったが、当時作者は三十二歳。前年の応召直前に息子が生まれていた。勝という名の子だが、そういえば私の同級生にも勝とか勝子がいた。勝や勝子という名前には戦勝を祈る気持ちが込められていた。

白泉が「新しき猿股ほしや百日紅」と詠んだころ、私は四国の佐田岬半島の中ほどの村でまだおしめをしていた。私も昭和十九年の生まれなのだ。八月十五日の正午ごろには、真っ裸のまま、莫蓙の上にでも転がされていたかも。

秋蟬も泣き蓑虫も泣くのみぞ　　高浜虚子

秋の蟬が泣き、蓑虫も泣くばかりだ、という句。秋の蟬は秋になってもまだ鳴いている蟬のことで、具体的にはツクツクボウシやミンミンゼミなど。普通、蟬や虫は「鳴く」というがそれを「泣く」と表記したところがこの句のポイントだ。蟬や蓑虫はなぜ泣いているのか。

虚子のこの句には「詔勅を拝し奉り——小諸にて」という前書きがある。長野県の小諸に疎開していた虚子は、そこで八月十五日の玉音放送を聞いた。敗戦を知って泣いたのだが、人間である自分ばかりか、蝉も蓑虫もいっしょに泣く、と虚子は詠んだ。もしかしたら、蝉や蓑虫は、虚子と同一視されて迷惑かもしれない。自分らは勝手に（自分の必要で）鳴いているんだ、と文句を言うかもしれない。第一、人間のおこした戦争などには関知していないのだから。でも、虚子は蝉や蓑虫の言い分を認めず、彼らも自分と同様に泣く、と見た。それが俳人・虚子の見方であった。

この虚子の見方、自然を大事にし、もっぱら自然の推移（四季）を詠んできた俳人にふさわしいのだろうか。虚子は、俳句は花鳥諷詠だ、と定義したが、それは自然の摂理のうちにある現象を詠むもの、という意味であった。もちろん、人間の営みもまた自然の摂理の内にあり、それは自然界の一現象にすぎない、と虚子は見た。この見方に従うと、戦争もまた自然界の一現象ということになるが、どうもそれは違うのではないか。

物を生産する能力を持った人間は、どこかで自然と対立している。たとえば石油を掘り、また、森を伐採して木を得る、というように。だから、蝉や蓑虫と人間は違う。違いを無視して同一視するのは、少し傲慢であろう。蝉や蓑虫を「泣く」と見た虚子もやや傲慢ではないだろうか。

右の虚子についての見方は、私が俳句に関わるようになってから得た見方である。季語を通して自然に触れる俳人は自然派、あるいは自然にやさしいという見方が通用しているが、それはどうも嘘っぽい。俳人には自然を自分に都合よくひきつける傲慢さがあるのではないか。

ともあれ、昭和二十年八月十五日、敗戦を告げる玉音放送が流れるなかで、敗戦に泣く人があり、そして、蝉は鳴き蓑虫はぶらさがっていた。その風景から戦後が始まった。

ついでだが、蓑虫はチチヨチチヨ(父よ父よ)と鳴くという。「枕草子」によると、蓑虫は鬼の子で、鬼である親に捨てられてしまった。親は秋風が吹くころに迎えに来ると言って捨てた。それで、秋風が吹き初めると、蓑虫はチチヨチチヨと父を慕って鳴く、という。おもしろい話だが、これもまた人間の勝手な思いを蓑虫におしつけている。

烈日の光と涙降りそそぐ　　中村草田男

この草田男の句にも「八月十五日、終戦の大詔を拝す」という前書きがある。楠本憲吉の「戦後の俳句」（昭和四十一年）には「戦いは熄んだ。満目焦土の中から、再び起ち上る日が到来したのである」としてこの草田男の句や以下の作が挙げられている。

忍べとのらす御声のくらし蟬しぐれ　　臼田亜浪
二日月神州狭くなりにけり　　渡辺水巴
玉音のまぎれがちなり汗冷ゆる　　日野草城
一本の鶏頭燃えて戦終る　　加藤楸邨
寒燈の一つ一つよ国敗れ　　西東三鬼

こうして並べてみると、玉音放送の日の風景がいくつもの断片として現れる。草田男の句はことにその断片性が強く、前書きなしには何のことか分からないが、その断片的な光景から、ある激しい感情が表現されていることは分かる。でも、その感情の中身（意味）は分からない。右に挙げたどの句にもこうした分からなさがあるだろう。三鬼は「寒燈の一つ一つよ」と言っているが、敗戦後の冬の夜の寂しいともしびがどうだというのだろう。哀れなのか、そこに希望を見ているのか。水巴の句でも、「神州狭くなりにけり」を肯定しているのか、悲しんでいるのか……。

「二日月」や「烈日」（激しい夏の太陽、またはその光り）という季語は、それぞれの句の感情を理解する手がかりなのだが、でも、それらが伝えるものも断片的であろう。端的な言い方をすると、俳句ってどのようにも読めるのである。「一本の鶏頭燃えて戦終る」でも、もう燃え尽きてしまった、これでおしまいだ、という絶望的な句として読めるし、逆に、赤く燃えて咲く鶏頭の強い生命力を自分のものにして戦後を生き抜きたい、とも読める。どちらかが正解というものではなく、俳句という表現は、こうした曖昧さというか断片性を特徴とするのだ。

さて、八月十五日だが、高見順の「敗戦日記」（昭和三十四年）をのぞくと、ラジオを聞く様子が次のように書かれている。

十二時、時報。

君ガ代奏楽。

詔書の御朗読。

やはり戦争終結であった。

君ガ代奏楽。つづいて内閣告諭。経過の発表。

――遂に敗けたのだ。戦いに破れたのだ。

夏の太陽がカッカと燃えている。眼に痛い光線。烈日の下に敗戦を知らされた。

蝉がしきりと鳴いている。音はそれだけだ。静かだ。

文春文庫に拠って引用したが、「敵機は十二時まで執拗に飛んでいたが、十二時後はピタリと来なくなった」とも書かれている。

ほっこりとはぜてめでたしふかし藷《いも》

富安風生

私は昭和十九年四月二十二日の生まれである。戦中の生まれだが、戦中の記憶があるわけはなく、戦後の記憶にしても、小学生時代の記憶が断片的にある程度だ。

その小学生時代、農繁休暇というものがあった。麦刈と甘藷《いも》掘りの時期、学校が一週間くらい休みになり、子どもたちが家の仕事を手伝った。

私の育った半島の村は、麦と甘藷が主要作物であった。というより、私などは麦と甘藷で育ったのである。

甘藷掘りのときの男の子は、掘った甘藷を俵に詰め、それをキンマと呼ぶ木橇《きぞり》に乗せて家まで運んだ。甘藷は段々畑で作られており、家までの道は坂道である。途中に急傾斜の場所があり、そこをいかにしのぐかが男の子の腕の見せどころであった。キンマが滑らないように前から押し上げ、そろそろ降りる。失敗するとキンマは暴走し、石垣にぶつかって甘藷の俵をばらまいてしまう。

甘藷掘りが終わると、こんどは切り干し作りが始まった。洗った甘藷を薄く切り、筵に並べて天日に干すのだが、冬の間、村の家々のまわりには一面に切り干しが干されていた。乾燥した切り干しは農協を通して売られていった。デンプンにする、ということだった。

切り干しは家でも食べた。カンコロにしたのである。切り干しを釜で煮てつぶしたのがカンコロで、これは色がまっくろだった。おにぎり大に丸めておやつにしたが、鰯の丸干しといっしょに食べるとうまかった。また、エンドウを入れた豆ごはん風のカンコロも好きだった。

甘藷はほぼ一年中食べた。居間の床下にイモツボがあり、その暗い地下に甘藷が蓄えられていた。蒸かしたり、焼いたり、甘藷粥にして食べたが、蒸かした甘藷を茶碗の中でつぶし、それに熱い山羊の乳をかける食べ方が好きだった。今もときどき、山羊の乳のかわりに牛乳をかけてその食べ方を再現している。

そういえば、冠婚葬祭のとき、甘藷のテンプラがつきものだった。また、真冬にはとなり近所がいっしょに甘藷飴を作った。大釜で一日がかりで作ったが、できかかった飴を椀で飲ませてもらうのが楽しみだった。できたイモアメは壺に入れて納戸の奥にしまっていた。箸にまきつけて食べたが、父が厳重に管理しており、めったに口にはできなかった。そのころ、まだ砂糖はなかった。

兄弟の多かりし世のさつまいも

保坂加津夫

私は四人兄弟の長男である。四人兄弟は別に多いほうでなく、ごく普通だった。わが家は祖父母、父母とその四人の兄弟だった。父は郵便局に勤めながら、甘藷や麦を作っていた。母の弟が郵便局長で、この人が一族の代表だった。

ところで、斎藤美奈子の「戦下のレシピ」（岩波アクティブ新書）を見ていたら、昭和十年代に「農林一号」とか「農林二号」というでんぷん質の多い甘藷の品種が生まれたという。日中戦争が始まり、軍用自動車や飛行機の燃料アルコールを甘藷から採る目的でそれらの品種は生まれた。ノウリン何号という名前は、小学生時代に聞いたことがあるので、戦後、私の村で栽培していた甘藷は、昭和十年代に登場した国策に沿う甘藷だったのだろう。

甘藷が広まるのは江戸時代、青木昆陽などの活躍によってだが、甘藷の普及は人口を増やした、という。ことに、私の育った半島のようなところは、甘藷さまさまであった。半島の砂地が甘藷にあったのだ。もしかしたら、私の村などは甘藷によって開けたのかもしれない。甘藷を食べて子どもたちは育ったのである。

壺井栄の小説「母のない子と子のない母と」は、敗戦直後の小豆島の子どもの暮らしを描いている。私より五、六歳年長の子どもたちが登場するのだが、関東の熊谷から疎開してきた一郎と、地元の史郎とが互いに甘藷自慢をする場面がある。一郎が、熊谷の「川越いもなんて、日本一だよ」と言うと、史郎も負けてはおらず、小豆島では島の女学校や中学校をいも女、いも中というくらいで、「いもは小豆島が日本一だよ」と対抗する。小豆島も島じゅうに甘藷が栽培されていたのだろう。ちなみに、一郎の言う「川越いも」は埼玉県川越市の甘藷。川越は甘藷の産地として有名だ。ノウリン何号という名とともに私の記憶にもカワゴエイモがある。

「母のない子と子のない母と」には、一郎の通っていた熊谷西小学校が空襲で焼けたようす、それを一郎が話すくだりがある。次のように。

「西校はね、八月十四日の晩にやけたんだよ。もう一日のことで終戦になったのに。だから十五日にはまだ終戦になったのも知らずにいたんだ。だって、ラジオもやけたもの、わからないよ。ぼくはその日、学校のそばを通ってみたらね、学校はまだぶすぶすもえていたよ。鶏舎も、にわとりもやけてしまって、なんにもなかった。山羊小屋《やぎごや》は半分やけて、一ぴきだけ生きのこった山羊が、やけどしてた。かわいそうで、ぼく……」

甘藷と山羊。一郎の思い出したこの二つは、私にとっても忘れがたい記憶の断片である。

寄れば突く山羊の挨拶草紅葉

中原道夫

「母のない子と子のない母と」は、小豆島の風景を次のように描いている。「遠くから見ると丸い帽子のような山は、山すそからてっぺんまで段々畑が四季の色でつつんでしまいます。春の青い帽子は麦がうれるにつれて黄色にかわり、麦刈りがはじまると虎刈り頭になって、やがてまたつやつやとしたさつま芋の葉につつまれていくのでした」

小豆島も私の育った佐田岬半島と同様に麦と甘藷を栽培していたのだ。

さて、山羊である。「母のない子と子のない母と」との一郎は、焼け跡で「みんなで飼っていた山羊」を見た。「やけどした山羊は、メー、メー、ないては、しょんぼりと、たったひとり、やけあとに立っていました」

この山羊、小豆島にやってきた一郎の胸中で生き続けるのだが、小学生のころ、私たちも学校で山羊を飼っていた。

山羊は村のどこの家にもいた。その世話をするのは小学生で、放課後、私たちは山羊を曳いて草を食べさせたり、餌の草刈りをした。乳をしぼるのも私の日課だった。

山羊は乳を飲料にするために飼っていたのだが、あるとき、オスの山羊を育てたら肉屋に売れる、という話を聞いた。それで、私はふと思いついた。皆でオスを飼育して売ろう、と。オスは生まれるとすぐ、どこかにやられていた。大人が処分していたのかもしれないが、要するにオスは不要だった。私たちはその不要のオスを集め、学校で飼い始めた。成長させて肉屋に売り、その売り上げを学級文庫などの費用にしよう、という計画だ。オスの子山羊はすぐ集まり、私たちの十頭くらいの山羊はメー、メーと鳴いて校庭を走りまわった。皆で廃材を持ち寄り、校舎の裏に山羊小屋も作った。

私たちの計画はうまくゆきそうだった。ところが、大きくなってきた山羊は、廊下を走り、ついには教室にも入ってきた。学校中がポロポロの糞だらけになってきた。だが、売るにはまだ成長が十分でない。

私たちは、というか私は、やや困惑していた。山羊の糞の責任を少し感じていた。駆け回る山羊たちの傍若無人さに手を焼いてもいた。

ある日、登校すると、山羊はきれいに姿を消していた。私たちの困惑を感知した大人が、それは先生だったか、私たちの父母だったか、ともかく大人が、山羊を処分したのであった。

その処分を、私たちは黙って受け入れた。というより、ほっとしたのだったかもしれない。身近なつもりの山羊の意外な手ごわさに困惑していたのだから。

父祖は海賊島の鬼百合蜜に満ち

坪内稔典

先祖は海賊である、と思っているが、そのように思うようになったのは、この句を作った十代の終わりのころ。私はひどい縮れ毛なので、南方系の海賊かもしれない。

私の育ったのは愛媛県西宇和郡伊方町九町だが、小学生時代には西宇和郡町見村九町《くちょう》と呼ばれていた。佐田岬半島の中ほどの集落である。九町という地名は平地が九町歩もあるという意味らしい。佐田岬半島は細長く、しかも海岸はリアス式。平地はほとんどない。だから九町歩も平地がある集落は珍しい。

さて、昭和十九年生まれの私の記憶は、小学校の一年生くらいのものがもっとも古い。私が九町小学校へ入学したのは昭和二十六年四月だが、担任の川田洋子先生は若くて美人だった。その印象が強烈だった。もしかしたら、私は川田先生にあこがれていたのかもしれない。

その先生に再会したのは、私が五十歳に近づいたころだったが、先生は「坪内君の村は怖かったのよ」と言われた。高校を卒業してすぐに赴任したのだが（だから若かったのだ！）、役場の人が一人で下宿してはいけない、と言った。それで、先輩の女の先生と同宿したが、ある夜、枕元が騒がしくて目がさめた。枕元にはずらっと男たちがすわっており、先輩の女先生が声高に怒っていた。村の男たちが夜ばいに来たのである。

「一人で下宿していけない理由はその夜ばいにあったのよ。九町小学校が最初の赴任校だったけど、坪内君の村ではどきどきさせられたわ」

この話を聞いた後で、父に先生の言われたことを確かめてみた。父は平然として言った。「そりゃ、そうだよ。それが村のあいさつだったよ」と。「夜ばい」は「古事記」や「枕草子」に出る由緒ある日本語であり、求愛することを指す。また、夜に男が女の寝所へ忍びこんで情を通じることをも言い、こっちはやや卑猥な想像を誘う。だが、それなりに秩序があり、「強姦などとは絶対違うぞ」と父は言った。男女が出会うチャンス、それが村の夜ばいであった、と父は力説した。

ともあれ、川田先生がどきどきしたころに私の記憶は始まっている。ちなみに、小学校の入学式の写真を見ると、学生服を着た子や着物の子がいる。藁草履を履いた子もいる。敗戦後の貧しさがそこにあるのだが、でも、それはたとえば明治時代に近いのかも。いや、もっと前の江戸時代や平安時代に近いかも。

外《と》にも出よ触るるばかりに春の月

中村汀女

春の月はおぼろ月。水をたっぷりと含んだ感じのその月は、とても大きく見える。手を伸ばせば届きそうなくらいに。昭和二十一年作の汀女の句は、外に出て来い、春の月が触れるくらいに近いよ、と呼びかけている。

昭和二十一年の私は二歳、もう走りまわっていただろう。月を見つけたら、月のほうへかけたかもしれない。「名月をとってくれろと泣く子かな」は江戸時代の小林一茶の句（秋の句）だが、そんな江戸の子のように駄々をこねたかも。

ところで、大人とか、戦争中に意識を形成した子どもは、敗戦による激変で、価値観を大きく揺すられたが、私などにはそれがない。敗戦後の貧しい社会も、ほとんど自然と同様に受け入れて育っている。麦や甘藷にしても、山羊の乳にしても、決して貧しい食べ物ではなかった。道端の草や木、蝶や蝉、空の雲などと同じく、それらは自然に私の前にあったのだ。

次のように言ってもよいだろう。幼児の私の暮らしの基本ははるかな昔に繋がっていた、と。火をおこしてかまどで煮たきすること、井戸の水、汲み取り式の便所。こうしたものは江戸時代も平安時代もほとんど同じであっただろう。幼い一茶や豊臣秀吉、平安時代の村の子どもも、幼児の私と暮らしの基本がひと続き、彼らもまた大きな春の月をあおいで走ったにちがいない。

急速に復興を遂げた戦後の日本は、薪や炭の火がガスや電気に変わる。水道が普及し、便所も水洗トイレになった。暮らしの基本が激変したのだが、もしかしたら、その激変こそが、敗戦よりもはるかに大きい歴史の断絶かもしれない。

月といえば、団子盗みという風習があった。縁側などに供えている月見団子を、子どもたちが盗んだ。竿の先に釘をつけてその釘で刺して盗んだりした。団子ばかりか、供えられた野菜なども盗んだ。盗むと縁起がよいとされ、盗まれたほうも縁起がよくて豊作になるのであった。この風習、全国的に広がっていたが、悪習として非難されるようになる。今野圓輔の「季節のまつり」（昭和五十一年）によると、たとえば昭和三十八年の新聞に、団子盗みは不良化につながるからやめさせたい、という横浜の主婦の投稿があることを指摘している。日本が高度経済成長期を迎えようとしていたそのころ、団子盗みを排撃する動きが各地で起こり、団子盗みという公認の盗みが消えていった。

私の村には団子盗みの風習はなかったが、もしあれば、わくわくしながらその行事に熱中した気がする。そしてその気分は、若者が夜ばいをする気分に通じていただろう。

更衣《ころもがえ》鼻たれ餓鬼のよく育つ

石橋秀野

「鼻たれ」を、たとえば「広辞苑」でひくと、「鼻たらし」と同じ、とある。で、その「鼻たらし」を引くと次のような解説がある。

①よく鼻汁を垂らしていること。また、その人。はなたれ。②若年で経験の浅い者や意気地のない人を卑しんでいう語。はなたれ。

子ども時代の私は「鼻たらし」よりも「鼻たれ」をよく使った気がする。友だちと喧嘩になると、「鼻たれ!」と相手を罵った。もっとも、こっちも鼻たれで学生服の袖が乾いた鼻汁でピカピカしていたが。

小学生時代の私は、そして仲間たちも、皆そろって鼻たれだった。誰もが青い鼻汁を二本ぶらさげていた。何か言うとき、その鼻汁をズルズルと吸い上げた。

室生犀星に、

わらんべの洟《はな》も若葉を映しけり

という昭和九年作の句があって、戦時中の子どもたちも鼻たれだったことがわかるが、ともかく、私たちはいつも鼻を垂らしており、ズルズルと鼻汁をすすった。まだティッシュペーパーなんてものはなく、拭くとしたら新聞紙とか石蕗の葉だった。そんなものがないときは着ているものの袖口で拭いた。

ところが、いつごろからだろうか。鼻たれを見かけなくなった。敗戦後の貧窮から抜けだし、経済が成長期を迎えたころから、鼻たれの子が急減した。私の印象では、昭和三十年代育ちはもはや鼻たれではないのではないか。とすると、私などは鼻たれの最後の貴重な世代かも。もっとも、貴重などと自慢するほどのことではないだろうが。

ともあれ、鼻たれ世代なので、ある時期まで、自分を卑下して、「いや、私はまだ鼻たれですから」と言っていた。しっかりしてるね、などと褒められるとこのような卑下をしたのだが、この場合の鼻たれは「鼻たれ小僧」の意味、すなわち先の「広辞苑」の②の意味である。だが、この卑下も鼻たれがいなくなった今ではあまり通用しなくなった。

さて、「更衣鼻たれ餓鬼のよく育つ」だが、鼻を垂らし、栄養不良で腹の出っぱった昭和二十年代の子どもたちは、まさに「鼻たれ餓鬼」であった。だが、それでも子どもたちは勝手に育った。というより、育つ力が子どもには備わっているのだろう。そういえば、後年、俵万智は歌ったものだ。「親は子を育ててきたと言うけれど勝手に赤い畑のトマト」(「サラダ記念日」)。

ゆすらの実麦わら籠にあまりけり

五十崎古郷

「赤いゆすらの実って、可愛い実でしたね。どこにもあったけど、ある時期から見なくなったよ」と六十代。すると、

「ぐみ、もそうだね。青田の畔などで真っ赤になってた。あっ、びわの実の黄色も目立ったね」とやはり六十代。

「桑の実、食べた？　舌というか口の中がまっ黒くなって、まさに餓鬼だったよ」とこれは七十代。

「正岡子規がね、学生時代に木曽路を旅したとき、桑の実を見つけて食べに食べてますね。たしか何升も食べて、名物の木曽の蕎麦が口に入る余地がなくなった……」

五十代が子規を持ちだすと茱萸《ぐみ》やびわを話題にした六十代が乗ってきた。

「そうそう。ハンカチ一杯、苗代ぐみを無料でもらってますね、子規は。その茱萸を食べながら鳥居峠を登ってゆく。あれ、明治の青年のいい場面ですね」

もう一人の六十代も乗り出す。

「明治の人ばかりじゃないわよ。私なんかも苗代ぐみや苗代いちごを摘んだわ。麦わらで籠を編んでその籠に摘んだわね、ゆすらやいちごや茱萸など」

黙って耳を傾けていた三十代が言った。

「あのう、皆さん。そのゆすらやびわって、自分の家のものなんですか。それとも……」

一瞬、六十代と七十代に緊張が走った。七十代が言った。

「みんなの物だったのではないかしら。というか、自然の物ね。やまもも、すもも、びわ、桑の実なんて、道端とか田んぼの畦にあって、要するに、通り道の果物よね。ちょっと手を伸ばしたら取れる」

「それって、泥棒でしょうか。子規は一応断わって苗代ぐみをもらってますが。あっ、桑の実は勝手に食べてますね」と五十代。七十代が再び言った。

「どこかの物だったことは確かだけど、子どもが食べるくらいは許容されていたのよ、きっと。子どもは小鳥みたいなものだったのかもね」

三十代が応じた。

「でも、びわを取るなんて、勇気がいる気がしますね。木に登って取るのでしょ。あっ、昭和二十年代の子どもは小鳥なので、叱られたらいっせいに飛びたったのかなあ。ネンテンさんも小鳥でしたか」

「うん、ときには小鳥だった。西瓜を取りに行くときはカバになって畑に潜ったけどね」

三十代が叫んだ。

「西瓜泥棒！」

勝蜘蛛を玉とおきたるたなごころ

邊見京子

次は壷井栄の「母のないこと子のない母と」の一節である。

「笹一のくれた女郎ぐものドンブスはまるまる太ってきて、名にふさわしく大きくなっていました。じぶんでかってに柿の木をはなれて、土蔵の軒にうつったのですが、八本の足を二本ズツ前うしろにひろげ、巣のまんなかに堂々とかまえている姿は、くもながらも、りっぱでした。蠅などを投げてやるたびに、金すじのお尻から、細い糸をじょうずにたぐり出して、まるめこみました」

「ドンブス」はドンブクロのように大きく肥えた女郎蜘蛛だ。この小説に登場する小豆島の男の子たちには、女郎蜘蛛が大事な遊び仲間である。この蜘蛛、クモ目コガネグモ科で大型の蜘蛛。メスは体長が二センチ以上あり、腹には黒地に三本の黄色の横帯がある。

コガネグモとも呼ぶ。

実はこのコガネグモ、私も飼っていた。蠅などの餌を与えて大きくしたコガネグモは、友だちの蜘蛛と喧嘩をさせる。三十センチくらいの木の枝の端からそれぞれの蜘蛛を歩かせると、出会った途端に喧嘩をする。負けたほうは落ちてしまうが、ときには糸でぐるぐる巻きにされ、餌になってしまうこともある。この蜘蛛の喧嘩、蜘蛛合わせと言い、今でも鹿児島県や高知県では行われている。掲出句の「勝蜘蛛」とは蜘蛛合わせの勝者であり、それを手のひら（たなごころ）にのせて、まるでこの蜘蛛、宝石のようだ、と悦にいっている光景だ。作者は鹿児島県で活躍した俳人だから、これは実景なのだろう。そういえば、芝不器男に次の句がある。

沢の辺に童と居りて蜘蛛合

沢のあたりで子どもたちと蜘蛛合わせをしている光景だ。不器男は昭和五年に二十六歳で亡くなった。この蜘蛛合わせの句は昭和二年の作。不器男は北宇和郡、私は西宇和郡に育った。つまり、私にとって不器男は同郷の先輩俳人である。

蜘蛛合わせは黒潮の沿岸地帯に広がっており、その起源は豊漁を願うまじないだった、という研究論文を読んだことがある。相撲が豊作への祈願であったのと同様なのだろう。もっとも、私たちはその起源には関わりなく、眼前の蜘蛛の喧嘩に熱中したのだ。では、「母のない子と子のない母と」から、ドンブスが巣を張っていた柿の木の下のもう一つの場面を引こう。

「頭の上の柿の葉をとってお皿にしました。まっさおな柿の葉の上に、チョコレート色のかんころだんごがのっかると、あんまりうまくもないだんごも、うまそうにみえます」

かんころだんごは私の食べたカンコロと同じもの。今、そのかんころだんごを食べようとしているのは、笹一や一郎、史郎などの弟や妹にあたる幼児たちである。

ベルリオーズ冬の埃の音混じる

今井聖

ある日、ところは京都の駅前のカフェー。正月休みの一日、私のゼミの卒業生などが集まった。

Kさんが言った。「先生は音楽の話、あまりしませんね。AKB48とかコブクロとか聞きます?」

聞きはしないだろう、という口ぶりである。コブクロは確か「時の足音」というCDを買って聞いた。AKB48は名前を知っているだけ。

俳句を作っているY君が、今井聖の句「ベルリオーズ冬の埃の音混じる」を挙げて、「今井聖って、ねんてん先生の同世代でしょう。もしかしたら、先生はベルリオーズとかのクラシックもうとい? 関心がないのですか」と追い打ちをかけてきた。

その通りである。聖の句の「冬の埃の音」はレコードについた埃の音だとは分かるが、肝心のベルリオーズは知らない。バッハもショパンもベートーベンも名前を知っているくらいのもの。美空ひばりも山口百恵も森進一も同様だ。要するに音楽にうとい。

そのうとくなった原因は昭和二十年代の私の環境にあった気がする。要するに、身のまわりに音楽がなかった。と言っても、ラジオやレコードはあったから、その気になれば音楽的興味を広げることはできたはずだが、私の関心がなぜか音楽に向かわなかった。その後、つまり、中学、高校、大学時代にも同じような状態が続いたので、音楽にうとい、しかも音痴の自分ができてしまった。

K君が口を開いた。「先生の句集を見ていたら、力道山や赤胴鈴之助の句がありました。プロレスやマンガは好きだったのですか。映画はどうですか。映画の話もあまりしないですね」

言われてみれば映画にもうとい。マンガにしても熱中して読んだ覚えはない。プロレスもテレビに映っていればなんとなく見るという程度。熱中しないのだ。

「絵はよく分かるのでしょ。この前も青木繁や岸田劉生のことを書いていましたよね」。自分でも絵を描き、高村光太郎の詩を研究している大学院生のT君が言った。

うーん。よく分かるとは言えない。ただ、コンサートにはあまり行かないが絵の展覧会にはよく行く。関心のある画家や彫刻家が何人かいる。熊谷守一とか佐藤忠良、元永定正、パウル・クレーなどを面白いと思っている。T君の言った俳句は次のようなものだ。

水餅のねばねばを断つ力道山

落葉また落葉赤胴鈴之助

句集「人麻呂の手紙」(平成六年)に収録しているが、水餅がT君に分かるだろうか。落葉と赤胴鈴之助の関係は？　あんのじょうT君は知らないのだった。水餅は水につけて保存した餅。旧正月のころ、すなわち寒中についた餅は長持ちする。その餅を水にひたして保存した。水を替えながら保存し、初夏のころまで食べた。もっとも初夏のころになると独特の臭いがした。赤胴鈴之助は昭和二十九年に「少年画報」で連載の始まったマンガである。鈴之助は真空切りという技の持ち主だった。「落葉また落葉」と散るさまは、まるで真空切りで切られたものが散るようなのだ。

昭和二十年代は私の小学生時代なのだが、なんだか今の私の気配がない。私は大自然の一部だったのではないか。だから、音楽などの人間の作ったものにまだ関心がなかった。というような話をして私たちは腰をあげた。巫女になって神楽を舞うOさんに会いに行くのだ。Oさん、シンガーソングライターだが、生業として神社の巫女になった。

端居《はしい》して濁世《じょくせ》なかなかおもしろや

阿波野青畝

縁側があった。

縁側では西瓜を食べた。近所の人などが来ると、縁側に腰を掛けて話していた。縁側では母が莢エンドウの筋を取っていた。父は釣りの道具の手入れをしていた。冬、ガラス戸を閉めた縁側は温室のように暖かだった。縁側にだれもいないときは猫が昼寝をしていた。旧正月のころ、たくさんの餅をついたが、その餅が干されたのも縁側だった。小学校の上級生になった私は、その縁側の隅を占拠し、カーテンで仕切って自分の勉強部屋にした。机と椅子だけのコーナーだったが。

私の育ったその縁側のある家は古かった。どこかの農家を移築したもので、もう百年はたっているという家であり、八畳、六畳の部屋に台所などがついていた。縁側は八畳の座敷にあった。

父母と子ども四人が八畳の座敷に寝た。いつも合宿気分というか、蒲団を敷きつめてわいわいと寝た。六畳の居間は玄関に続いていたが、大きな大黒柱があり、黒光りしていた。天井板も黒かった。移築する前にはその六畳間に囲炉裏があったのだろう。六畳間には仏壇があり、この部屋に続いて土間の台所があった。あっ、六畳間の床下には芋壺があった。防空壕としても使ったということだったが、サツマイモが貯蔵されており、子どもの私たちはかくれんぼの際、しょっちゅうその芋壺にもぐりこんだ。土間の台所に続いて、食事部屋、風呂、便所があったが、それらは父の手作りだった。

この家のすぐ横に、というか家にくっついて、牛小屋と隠居所があった。牛はもう飼っておらず、牛小屋は山羊小屋と物置になっていた。その牛小屋の上にも八畳と四畳くらいの部屋があり、祖父母が使っていた。祖父母が亡くなると、そこは子ども部屋になった。中学生の私はその牛小屋の二階で寝起きした。

思わず私的な回想をしたが、私の育った古い家は昭和四十年代に取り壊されてなくなった。建てつけが悪く、隙間がいっぱいあったので、冬には隙間風が冷たかった。縁側の雨戸には節穴がいっぱいあって、台風のときにはその節穴に目をあてて海を眺めた。海は膨れ上がって押し寄せていた。家が高い所にあり、庭さきのかなたに海があったのだ。

さて、話題にしようと思っていたのは「端居」である。端居という言葉を知ったのは後年、私が俳句を作るようになってからだが、そのころにはもう端居する縁側は消えていた。ちなみに、手元の歳時記によると、端居とは「暑い夏の夕方などに、縁側や窓辺など、家屋の端に位置する場所に座って涼をとり、くつろぐことをいう」(「読本・俳句歳時記」)。

端居して旅にさそはれゐたりけり　水原秋桜子
端居してすぐに馴染むやおないどし　星野立子
おふくろの国に来てゐる端居かな　上田五千石
赤坊を抱きて端居といふことを　田中裕明
百点の子を真ん中に夕端居　三輪閑蛙

歳時記には右のような句が並んでいる。故郷の縁側のあった古い家を出た私は、大学の寮、アパート、文化住宅、賃貸マンション、建て売りの住宅に住み、今も建て売りの家に住んでいる。以上の移り住んだどの家にも端居する空間はなかった。今もない。青畝の句、「端居して濁世なかなかおもしろや」という境地もなかなかいいと思うのだが、肝心の端居の場所がないままだ。

かくれんぼ三つかぞえて冬となる

寺山修司

かくれんぼ、カン蹴り、チャンバラごっこ、独楽《こま》回し。それから、ターザンごっこ、メジロ取り……。

小学生のころ、よくもまああんなに遊んでいたものだ、という気がする。たとえば冬休み。お正月が近づくと独楽作りが始まった。

近所の石垣の穴に桜の枝を差し込む。その枝を削って独楽を作るのだ。一人が枝にまたがって乗る。枝が穴から外れないように重しになるのだ。これは弟など、年下の子の役割だった。桜の枝は鎌と小刀で削り、独楽のかたちにしてゆく。この独楽、棒の先に布切れを結び、その布切れで叩いて回す。回っている独楽どうしをぶっつけ、相手を倒すのだが、いっさいは手作り、材料の桜の枝を選ぶことから子どもたちは競い合った。

独楽作りのころ、私たちには秘密基地があった。林の藪椿の樹上だ。藪椿には葛などの蔓がからまっている。それで樹上に登ると、その上に寝転がることができるのだ。その三メートル近い樹上が私たちの秘密基地だった。もちろん、風のない冬晴れの日が基地日和。私たちは互いに木の上に寝転がった。椿の花をむしりとって口にあてると蜜が甘かった。蜜を吸いながら真っ青な空を見上げていると、なんだか気が遠くなる感じがした。

ターザンごっこは神社の裏山の椎の森での遊びだった。椎や樫の木にからまっている蔓にぶらさがり、ア～ア～と叫んで飛んだ。ときに蔓が切れて斜面を転がり、手足をすりむいた。怪我をすると、ヨモギの葉をもんで止血した。

そういえば、ターザンごっこをした神社では子ども相撲があった。勝つと文房具などの賞品がもらえたが、一番の賞品はボンデだった。半紙を波状に切ったものを青竹に挟んだもの。いわゆる御幣だが、ボンデを何本ももらうと強い証拠になった。

メジロ取りに行ったのは雪の日。やはり裏山の椿の林であった。メジロは椿の蜜を吸いにやって来る。私たちは籠に入れたメジロを持って行き、椿の枝に吊るす。そのそばにトリモチを塗った木の枝を置く。籠のメジロの鳴き声に誘われてやってきたメジロは、その枝に止まるとくるっとひっくり返る。足がトリモチにくっついた結果だ。物陰で息をひそめていた私たちは、それっとばかりに駆けつけ、そのぶら下がったメジロを捕えた。

ちなみに、メジロを入れる籠も自分たちで作った。竹ひごをたくさん作り、それを木枠にはめて作った。メジロ籠を作るときは仲間が何人か集まった。力を貸し合い、雑談しながら作ったのだ。メジロ籠だけでなく、縄をなったり藁草履を作るのも仲間と共同でした。私の家の牛小屋はそのようなときの作業場になった。

牛小屋での作業だけでなく、山羊の草刈り、焚き付けや薪集めなども仲間といっしょだった。そういう共同の作業の合間に、あるいは秘密基地を出てきたときに、ターザンごっこやかくれんぼなどの遊びをしたのである。

コマまわす子等のまなざし春を呼び
すきま風絵本をめくる小部屋かな
手毬つく妹一人春の風

これらは昭和二十年代半ばに中学生だった寺山修司の句。素直な表現が快い。それに比べて「かくれんぼ三つかぞえて冬となる」は、「冬となる」で大きく飛躍している。修司は高校時代の作としてこの句を発表したが、実際はもっと後、彼が短歌や詩を作って表現に習熟してからの作だろう。ともあれ、かくれんぼは私においてもただちに冬を連想させる。

蚊帳吊って異次元世界ごろごろと

中村あいこ

昭和二十九年、私は小学校三年生であった。ここまで、私の体験の断片のようなものを書いてきたが、二十年代の体験は昭和三十年代の体験とひと続きである。というより、私の覚えていることの多くは小学校の上級生になった三十年代の体験だ。つまり、三十年代から体験の記憶がはっきりしており、それ以前はうすぼんやりしている。私が書いた二十年代の体験は、三十年代の記憶が引き寄せるぼんやりした体験なのだ。

もってまわった言い方をしたが、昭和二十年代の私は、甘藷や山羊や蜘蛛などと同じであった。それらと自分が違うという意識がなかった。そういう時代の子どもにとっては、敗戦直後という日本の現実も、甘藷や山羊と変わりがない。その時代を回想した大人たちは、食糧が乏しかった、とよく言うが、私などは乏しさをまったく感じなかった。甘藷や麦が主食だったのだから、今から見ると確かに貧しかったのかもしれないが、子どもの私は満ち足りていた。というより、貧しいなどという感情はなかったのである。それは、もしかしたら、子どもの私が甘藷や山羊、蜘蛛と違いのなかったことによる特権的感情かもしれない。

その特権的感情の中にいた私にとって、たとえば東京裁判や朝鮮戦争、日本の独立などという二十年代の歴史的出来事はほとんど関係がなかった。それらは私の外の遠い出来事だった。たとえて言えば、私は青い蚊帳にもぐりこんで胸をときめかしていたのである。蚊帳の世界だけで私は十分に満ち足りていた。

さて、あいこの句だが、この句についての短いエッセーを作者は書いている。「たっぷりと自然に囲まれた山里、蚊や蠅もたっぷりだったあの頃。蚊帳は必需品。夜は部屋いっぱいに蚊帳を吊り仄暗い蚊帳の中。子どもらはその中でごろごろしながら、母の昔話を聞くのが好きだった。おはこは笠地蔵。いつも同じような話のくり返しだったが飽きることはなかった。夜なべをする父のラジオからは、講談や浪曲が流れていた」(「船団」七三号)。

「船団」は私が代表者になっている俳句雑誌だが、七三号(平成十九年)は「昭和だよ、全員集合!」という特集をした。私たちの昭和時代を特集したのだ。あいこの句とエッセーはその特集に寄せられたものだったが、必需品であった蚊帳は子どもにとって特別な世界でもあった。もっとも、私などはあいこのように大人しくはなく、蚊帳の中で暴れまわった。三歳違いの弟と泳ぐ真似をしたり、蚊帳の天井を足で蹴ったり……。ある日、その蚊帳の上に青大将がどさりと落ちてきたときはびっくりした。屋根裏に〈家の蛇〉が住んでいたが、それが姿を現したのだ。

では、「船団」の昭和の特集から蚊帳の句をもう一つ引き、私の昭和二十年代を閉じよう。

蚊帳吊ってゐる母の足首きれい　　はしもと風里

昭和三十年代

「もはや戦後ではない」／再軍備／ミッチーブーム
と六十年安保／オリンピックと新幹線

	流行語	出版	できごと
昭和30年（1955）	ノイローゼ、最低ネ・最高ネ、タレント、春闘、特出し、頼りにしてまっせ。	『はだか随筆』（佐藤弘人　中央経済社）。	基地反対闘争激化。8月6日、第1回原水爆禁止世界大会。貸本屋全盛。慎太郎刈り、マンボズボン大流行。大都市中心に深夜喫茶が増加。
昭和31年（1956）	戦中派、ドライ、ウエット、一億総白痴化、太陽族、シスターボーイ。	『四十八歳の抵抗』（石川達三　新潮社）。	テレビに料理番組が登場。12月18日、国連総会、全会一致で日本の加盟を承認。高校生の教師に対する暴行事件続発。12月26日、興安丸でソ連から最後の集団帰国。
昭和32年（1957）	カリプソ、三種の神器、グラマー、ケ・セラ・セラ、よろめき、団地、神武景気。	『挽歌』（原田康子　東都書房）、『美徳のよろめき』（三島由紀夫　講談社）。	12月16日、東京湾の夢の島のゴミ埋め立て開始。洋裁学校に男子生徒初登場。カナダのストレス学者ハンス・セリエ来日、ストレスという言葉が大流行。
昭和33年（1958）	いかす、しびれる、団地族、ご清潔でご誠実、低音の魅力、ベッドタウン。	『人間の条件』（五味川純平　三一書房）、『陽のあたる坂道』（石坂洋次郎　講談社）。	11月27日、皇太子明仁殿下と日清製粉社長長女正田美智子さんが婚約。米軍向けだったレタス、セロリ、カリフラワーが日本の食卓にも普及する。
昭和34年（1959）	タフガイ、岩戸景気、がめつい、マダムキラー、パパはなんでも知っている。	『にあんちゃん』（安本末子　光文社）、『催眠術入門』（藤本正雄　光文社）。	3月17日、少年サンデー、少年マガジン同日創刊。4月10日、皇太子ご成婚。暴走族のハシリ、カミナリ族が登場。
昭和35年（1960）	安保反対、私はウソを申しません、ナンセンス、全学連、所得倍増、レジャー。	『性生活の知恵』（謝国権　池田書店）。	10月12日、社会党委員長浅沼稲次郎氏、17歳の右翼少年に刺殺される。11月2日、少年は獄中自殺。ＶＡＮ、ＪＵＮなどアイビールックが流行。
昭和36年（1961）	プライバシー、わかっちゃいるけどやめられない、トサカにくる、不快指数。	『砂の器』（松本清張　光文社）、『英語に強くなる本』（岩田一男　光文社）。	2月1日、深沢七郎著『風流夢譚』に反発した右翼、出版元の中央公論社社長邸を襲い、家人2人を殺傷。帝国人造絹糸、半袖の「ホンコンシャツ」を発売。

昭和37年（1962）	ハイそれまでよ、総会屋、青田買い、スモッグ、現代っ子、無責任時代。	『易入門』（黄小娥　光文社）。	10月22日、米、キューバ海上封鎖、キューバ危機。タレント議員第1号藤原あきさん、参院選全国区でトップ当選。堀江謙一さん、小型ヨットで太平洋横断。
昭和38年（1963）	バカンス、番長、三ちゃん農業、ガチョーン、かもね、巨人・大鵬・卵焼き。	『徳川家康』1〜19（山岡荘八　講談社）『危ない会社』（占部都美　光文社）。	11月22日、ケネディ大統領暗殺。夫婦共稼ぎが目立ち始め、団地族の間に「カギっ子」登場。日本人の朝食にコーンフレーク初登場。
昭和39年（1964）	俺についてこい、ウルトラC、コンパニオン、アイビー族、みゆき族、OL。	『愛と死をみつめて』（河野実・大島みち子　大和書房）。	10月1日、初の高速鉄道・東海道新幹線開業、10月10日、東京オリンピック開幕。東京都内に無線タクシー登場。ティッシュペーパーがアメリカから日本に上陸。

麦の秋ボンネットバスガタガタと

松永静子

昭和三十年（一九五五）、私は小学校の五年生であった。

私が最初に見たバスは、木炭で走るボンネットバスだった。停留所に着くと、運転手と車掌がバスの後部でさかんに火をおこした。鍵状のハンドルをぐるぐる回して風を送るのは若い車掌の役目だったが、それを真似て私たちもバスごっこをした。ハンドル状に曲げた針がねを女の子の尻に当て、ウーンウーンと言いながらぐるぐると回したのだ。女の子いじめだが、そこに少し性的な興味というか、好きな子に近づきたいという思いがあった気がする。

そういえば、そのころの梅雨の時期、小さな蛙をたくさん集めて、好きな子の長靴に入れたことがある。学校は水田の中にあり、梅雨になると校庭や廊下を小さな蛙が飛んだ。

ほんとうにたくさんの蛙がピョンピョン跳ねていた。

私はその子の気を引きたかったのだろう。ところが、その子は長靴に足を入れた途端に泣きだした。長靴から蛙が湧きだしたのでびっくりしたのだ。私は先生にひどく叱られ、その日の放課後、先生に連れられてその子の家へ謝りに行った。

バスごっこ、そして長靴に蛙を入れた行動は、私の関心が外に向かい始めたことを示しているだろう。そういうかたちで、外部というか、自分を囲んでいる世界に働きかけるようになったのだ。やや理屈っぽくいえば、世界と密着していた私の意識が分離し、世界と私がときどき対立するようになった。外部（世界）と密着していた特権的感情が壊れたのである。あるいは、特権的感情の時代が終わった。

五年生のこのころ、私は本好きな少年になっていた。というより、自分の本を集めだしたのである。

その自分の本の一つはカバヤ文庫だった。カバヤキャラメルの景品だったその文庫は、世界の名作を百二十頁くらいにリライトしたものであり、菓子屋のガラスケースの中にずらりと並んでいた。キャラメルの箱の中にその文庫の引換券が入っていた。「カバの王様」というそれ一枚で一冊の本がもらえるラッキー券があったが、それはめったに当たらない。

どの箱にも「カ」や「バ」や「ヤ」、あるいは「文」「庫」のカードが入っており、それを「カバヤ文庫」とそろえると一冊の本がもらえた。私たちは友だちと融通しあい、その引換券をそろえた。そんなふうにして、私は「レ・ミゼラブル」や「アンクルトムの小屋」を入手した。

カバヤ文庫を集めるのと並行して、文庫本を買う楽しみも知った。半島の付け根の町に行ったとき、こわごわとのぞいた本屋に小さな本がずらっと並んでいた。角川文庫や岩波文庫だった。あまり売れないらしく砂埃をかぶっていたが、なんと一冊が百円以下だった。うどんを食べるのをやめるとそれが買える。私は「若山牧水歌集」や「山村暮鳥詩集」を買った。歌集や詩集は字が詰まっておらず、なんとなく読みやすい気がした。

その買った文庫を、村へ戻る連絡船の甲板で読んだ。「白鳥は哀しからずや空の青海の青にも染まずただよふ」(牧水)。こんな歌を声に出して読むといい気分だった。船を追ってくる鴎のかなたに水平線がくっきりしていた。

実は、そのころ、バスよりも船に乗った。舗装していない曲がりくねった道をバスに乗ると子どもも大人も酔った。だから、船のほうがずっと楽だったのだ。私は高校にも連絡船で通った。私の昭和三十年代は船の時代であった。

はつなつやぶっかけ飯の父のこと

津波古江津

初夏になるときまってぶっかけ飯の父を思い出すという句。作者は炭鉱町で幼児期を過ごした。炭鉱に勤めた父は、夜勤から戻ると、「冷飯にみそ汁の残りをぶっかけてかっ込み、眠りに就くのだった」と書いている（「船団」七三号）。

三十二年に私は中学生になるが、朝、父の弁当の御飯を弁当箱に詰めてもらった。わが家は基本的には麦ごはんであり、朝は父の弁当用に麦に米を混ぜて炊く。麦と米は別れて炊けるので、米の多い飯が優先的に父の弁当になった。その残り、つまり麦の多い御飯が私の弁当になった。

中学の弁当の時間、多くの生徒はアルミの弁当箱の蓋で、弁当の中身を隠して食べた。米飯、米と麦まじり、麦飯、カンコロというように弁当にランクがあった。私の場合、父が勤め人であったために恵まれていた。父の弁当のおこぼれの卵焼きや煮物がおかずになったから。クラスの何割かの生徒は弁当を持ってこなかった。彼らは昼休みに家に戻って食べた。学校は集落から三キロくらい離れていたから、走って家に戻り、昼飯をかき込むとまた走って学校に来た。弁当を作ってもらえない子がかなりいたのである。

そういえば、父は甘党で、甘いものに目がなかった。ぜんざいを御飯にかけて食べていた。押し入れの隅にはバナナを隠していた。新聞紙に包んだバナナであった。

その父に連れられて、郵便局の職場旅行に行ったことがある。県庁所在地の松山市へ汽車で行ったのだが、息子の初旅だというので、母がスーツを新調してくれた。洋裁の得意な叔母さんに頼んで作ってもらったのである。皮靴も新調した。グレーのスーツに黒い靴。しゃれた坊っちゃんの誕生だったが、なんとスーツの丈もズボンの丈も長かった。すぐに大きくなるというので大きめに仕立てたのだ。靴も大きく、新聞紙を詰めて履いた。初旅の中身はすっかり忘れているのに、スーツと革靴だけを鮮明に覚えているのは、その急造の坊っちゃんスタイルがよほど悩ましかったからだろうか。私はマメの出た足をひきずって歩いた。ついついうつむくと、「こらっ、顔をあげて歩け。せっかくのスーツがもったいない」と大人が叱った。郵便局に勤めているのはほとんどが親戚だったので、遠慮なく叱ったのである。叱られる私は、ますますマメが痛くなった。

私の母は娘時代に神戸の某家に奉公していた。嫁入り前に行儀見習いに女中奉公する、それが母たちの時代のしきたりであった。母はその奉公先でお坊っちゃんの世話係だったらしい。それで、何かというと、自分の息子たちをその神戸のお坊っちゃんと重ねた。私のスーツもその一例だった。

あっ、思い出した。婦人会の生活改善運動に熱心だった母は、ある日、明日から朝ご飯をパンにします、と宣言した。村でもパンが買えるようになったのだ。子どもの私たちも喜んだ。なにしろパンは珍しい食べ物だったから。それに紅茶もうれしかった。

パンの朝食の第一日目。一斤のパンを六枚くらいに切ったパンがこんがりと焼けた。蜂蜜をつけてすぐに食べた。二枚目に手を伸ばしたら、母がぴしゃりと手を叩いて言った。

「いけません。神戸のお坊っちゃんはいつも一枚でした」

結局、数週間でパンの朝食は終ってしまった。私も弟もひもじさに耐えられなかったし、父もまた同様だった。つまり、私と神戸のお坊っちゃんには雲泥の差があったのだ。

晩夏晩年角川文庫蠅叩き

坪内稔典

ある日の居酒屋。Ｂが不意に言い出した。

「たとえば、こんな店にはね、いたよね、蠅が。だから、こうして箸で蠅を追っぱらって……」

Ｂは手にした箸で目の前の皿の上を払った。数匹の蠅があわてて鰯から逃げる気がした。皿には梅干と煮た鰯が数匹並んでいた。私の好物だ。Ｃが反応した。

「うん、蠅、いたいた。天井から蠅取りリボンがぶらさがって、鈍く飴いろに光っていたよ。おっさんのはげ頭にひっついたりした」

「えっ？　お前、それをどこで見たのだ？　居酒屋なんて村になかったよ。町にだって、あったのは立ち飲みの酒屋とか食堂とか……。今のようなこぎれいな居酒屋なんてどこにもまだなかったぞ」

Aがあきれたように言った。

三人は六十代半ば、話題にしているのは昭和三十年代の少年時代だ。Cが言った。

「見たわけじゃないんだ。そうだろうなあ、と想像した。でも、蠅取りリボンは確かにあったぞ。それと、青いガラス瓶の蠅取り器。水が入っていたよなあ」

「ああ、あった。それに蠅叩き。棕櫚の葉柄で作ったやつ。俺、蠅叩き作りの名人だったよ。何本も作って近所に分けたなあ。わが家の庭に棕櫚の木があったんだ」

「蠅叩きって、考えてみれば汚いものだったなあ。蠅をピシャと叩きつぶして、そのまだろう?」

「うん。跡を拭くなんてことはなかったなあ。蠅叩きには死骸がいくつもこびりついていたよ」

「おいおい、ここは居酒屋だよ。つまみがまずくなる」

三人の蠅談義はまだまだ続いた。

確かに昭和三十年代には蠅がいた。食べ物にすぐたかった。あっ、そうだ。友だちに輪ゴムで蠅をしとめる達人がいた。指鉄砲で輪ゴムを飛ばし、輪ゴムで蠅を弾き殺すのだ。

ある日、私たちは彼を中心にして蠅のしとめ方をひとしきり訓練したことがあった。

蠅だけでなく、蚤や虱、南京虫などもいた。江戸時代の松尾芭蕉の句に、「蚤虱馬の尿《しと》する枕元」（「奥の細道」）という句があるが、昭和三十年代はその芭蕉の時代にうんと近かったのだ。

さて、私の句だが、蠅叩きを手に角川文庫を読んでいる。それは私の自画像でもある。もちろん、ときには角川文庫が蠅叩き代りにもなった。でも、「晩年」という言葉があるから、俳句の主人公は老人のような……。さきほどのBが言った。

「ねんてんの蠅叩きの句ね、俺、好きなんだ。俺達みたいじゃないか。今、蠅はすっかり消えたけど、でも俺たちはいつまでも手に蠅叩きを持っている気がする」

蠅叩き作りの名人だったAが同意し、大きくうなづいた。そして、右手を振って蠅を叩く真似をした。

ゴム跳びのおかっぱ揺れる春の路地

木村輝子

この句については以下のような作者のコメントがある。「昭和三十年代の田舎の子は、男の子は丸坊主、女の子はおかっぱがほとんどで、風呂敷を巻いて家庭で散髪をした。バリカンは髪の毛によく食い込み、虎刈りの子がクラスに何人もいた。散髪バサミなどなく、洋裁バサミでジョキジョキ切った。そんな頭で、男の子も女の子も外でまっ暗になるまで遊んだ。ゴム跳びの様々な跳び方ができてうれしかった。」（「船団」七三号）

私も父にバリカンで刈ってもらったが、ときどき、散髪屋にも行った。散髪屋のおじさんは開口一番、「やー、よう縮れとるなー」と言うのが常だった。私の髪は激しい縮れ毛で、そのために羊とかカリフラワーというあだ名がついていた。昭和三十九年の東京オリンピック以降はアベベになった。はだしのマラソンランナーとして有名になったエチオピアのアベベのように私の髪も縮れていたから。

それで思い出したが、アベベになる寸前、あれは高校三年生のときだから、昭和三十七年のことだが、私の通学していた愛媛県立川之石高校で、男子の長髪化要求の声があがった。そのころ、全国的にも男子高校生の長髪化が進んでいたのだ。私は生徒会の会長だったので、生徒のその要求を受けとめて学校側と交渉にあたった。だが、内心は面白くなかった。長髪にすると縮れ毛がいっそう目立つ、と思ったから。それで、うわべは長髪に賛成しながら、内心では躊躇していた。その気分が交渉に反映したのだろう、今はまだ時期が早い、時間をかけて前進的に考えよう、というところで交渉は落ち着いた。生徒側も近く長髪が実現する、という気分になって納得した。

だが、私の胸は痛かった。自分に都合のいい解決をした、という思いが残ったのだ。それって、罪障感と言ってよいだろうか。だから、今でも思い出すたびに胸が少し痛む。

ちなみに、そのころ、わが校の生徒手帳には、男女交際を禁止する、という条項があった。同級生のある女子が、男子といっしょに公園でブランコに乗っていたことが発覚、始末書を出すことになり、私が文案を考えたことがある。映画に行くのも、喫茶店に入るのも保護者の同伴が条件だった。

ある日、生徒会長の私は補導の先生に呼ばれた。「投書があってね、生徒会長は男女交際が許されるのか、と。どうだね、坪内君」。そのころ、私には好きな同級生がおり、文芸部などで一緒だった。二人が仲良しだ、ということはかなり知られていた。私は主張した。「やましい、という思いが何もありません。禁止されている男女交際には当たらないと思います」。先生は苦笑して、「まあ、目立つようなことはするなよな」と言われた。

さて、髪の毛だが、高校を卒業して長髪になってからは理髪店に行くようになったが、次第にそれが苦痛になる。いつでも、「まあ、よく縮れているねえ」と感嘆されてから散髪が始まるのだが、大きな鏡に縮れた頭が映るのが嫌だった。それでついついうつむく。すると、店主はぐいと頭を持ち上げて無理やり対面させようとする。もちろん、散髪がしやすいからそうするのだが、される私としては、ぐいと頭を持ち上げられるたびに縮れ毛コンプレックスが内攻する感じだった。

結婚して間のない二十代後半から私は理髪店に行くのをやめた。カミさんに頼んで刈ってもらうことにしたのだ。以来、六十代後半の今に至るまでその習慣が続いている。縮れ毛とのひそかな確執、それが私の昭和史の一面である。

柿剝《む》いて叩けば直るラジオです

平きみえ

小学校五年生のころ、ラジオを熱心に聞いた。ニュースを聞くように担任の先生に勧められたから。今、あらためて当時の歴史年表を開くと、砂川基地反対闘争、自由民主党結成などという言葉が耳の底で蘇る感じがする。そういうニュースを聞き、クラスで報告する、そうしたことが日課のように行われていたのだ。

もっとも、昭和二十八年にテレビ放送が始まり、昭和三十一年には、テレビは「一億総白痴化」を招く、と言われたが、そのころ、私の村でテレビのあるのはまだ数軒だった。そのテレビが雑貨屋の店頭にあり、大人も子どももそのテレビの前に集まった。プロレスの力道山が人気だった。彼の得意技のカラテチョップを真似することは私たちの平常のしぐさになっていた。

さて、もう一度ラジオに戻るが、私の耳の底に蘇るのは、ヒャラリー、ヒャラリコ……。ラジオドラマ「笛吹童子」の主題歌である。作・北村寿夫、音楽・福田蘭童という名前も蘇る。「笛吹童子」がＮＨＫラジオで放送されたのは昭和二十八年だったが、そのころからラジオを聞くようになったのだろう。

昭和三十一年、小学校六年生になったこの年には、経済白書で「もはや戦後ではない」と言われた。戦後ではない、ということに実感はなかったが、この年にあった日本の国連加盟になんとなく興奮したことを覚えている。日本が世界という広い場所で活躍する国になる、そういうことを想像してわくわくしたのだった。

そういえば、家庭団欒ということを教えられた。私たちはラジオを通してニュースを知るだけでなく、いわゆる標準語の勉強もしていた。ある日、先生は以下のように言われた。アメリカのような民主主義の国には家庭の団欒があります。晩ごはんを食べながら、あるいは食後に、その日の出来事などいろんなことを家族で話し合います。それは話し合いを基調とする民主主義の原点です。みなさんも今日から家庭団欒を始めてください。その際、方言でなく、標準語で話しなさい。ラジオで聞いている言葉で話すのです。家庭団欒は標準語の練習にもなります。

私は胸をときめかした。今日から家庭団欒をして民主主義の子どもになるのだ、と。その日、晩ごはんの前に先生の言葉を家族に伝えた。曖昧な顔ではあったが、家族はまあ賛成してくれた。今から家庭団欒を始めます、と宣言していよいよ晩ごはんが始まった。誰も口をきかない。静かな晩ごはんが終わり、いよいよ家庭団欒の核心の雑談タイムに移ったのだが、相かわらず誰も口を開かない。なんとも気まずい。父が、「としのり、お前からなんぞ言えや（何か言えよ）」と方言で言った。弟が、「父ちゃん、今のが方言やで（今の言い方が方言だよ）」とまた方言で言った。大笑いになった。気まずさは一挙に消えたが、同時に家庭団欒の夢も一瞬に消えた。私たちの家族は標準語で話したことはなかった。標準語で話そうとすると黙りこむ以外にないのだった。

父は立ち上がり、神棚の横のラジオのスイッチを入れた。音がよくない。父はラジオの側面を叩いた。音が急に大きくなり、歌謡曲が流れて来た。

正座してテレビを見てる秋の暮

岡　清秀

ラジオだけでなく、テレビも映りが悪くなるとよく叩いた。昭和のラジオやテレビは内部の配線の接触が悪かったのだろうか。ともかく、叩けば声が大きくなったし映像もはっきりした。余談だが、そのころは親も学校の先生も子をよく叩いた。だが、そういう叱責や激励は暴力と見なされるようになり、親も先生も次第に子どもを殴らなくなる。そのことに並行するかのように、ラジオやテレビも機能が上達し、いつの間にか誰も叩かなくなった。テレビに至っては薄い液晶テレビが登場、ブラウン管時代の重くて大きなイメージが消え、とても繊細で瀟洒になった。叩くには、叩かれるだけの頑丈さとか大きさが必要なのだが、もはやそうしたものはテレビにはないと言うべきか。いや、テレビも時代も一新したのだ、と言うべきだろう。

昭和三十年代のテレビは叩くだけでなく、正座して見るものでもあった。掲出した句の作者は私の弟の世代だが、この句について以下のように書いている。「テレビが家にやってきた。陶器でできた犬もついてきた。犬はテレビの上に置かれ、テレビを見ない時は画面に布が掛けられた」（「船団」七三号）

そうだ、確かに見ないときは布が掛けられた。とても大事なものを包むかのように。そういえば、当時のテレビは洗濯機、冷蔵庫とともに三種の神器と呼ばれたのであった。もはや戦後ではない、という言葉によって始まった昭和三十年代は、輸出が拡大し、日本経済が急成長した。神武景気と名づけられた好景気の到来だった。三種の神器はその景気の象徴だった。さらに言えば、敗戦からの復興が終了し、新時代が到来した象徴だったかも。ちなみに、昭和三十三年にテレビの電波塔である東京タワーが竣工、その年にはいわゆるミッチー（美智子妃）ブームが起こり、昭和三十四年四月の皇太子結婚パレードを見るためにテレビが売れに売れた。三種の神器の中ではテレビが真っ先に普及したのである。

やや脇へそれたが、先の岡の文章は以下のように続く。「プロレスの時間になると近所の人が集まり、二階への階段に座った。テレビはそちらに向けられ、皆は画面に見入った。試合の合間にリングが掃除機で掃除される様子が映し出された。三年後に掃除機が家にやってきた」階段を観客席にしたテレビの時間！ それはまさにゴールデンタイムだった。言うまでもないが当時のテレビは白黒。昭和三十年代の末、正確に言えば昭和三十九年の東京オリンピックを契機にしてカラーテレビが普及する。東京オリンピックのころも好景気でいざなぎ景気と呼ばれた。そして、カラーテレビ、クーラー、自動車（カー）が新・三種の神器になった。これらは頭にCがつくことから3Cとも言われた。

四つ脚のテレビ紅白歌合戦　　小倉喜郎
春の宵父にチョップの金曜日　　滝浪貴史

「船団」七三号には右のような句も出ている。ラジオで始まったNHK紅白歌合戦は昭和二十八年からテレビに登場、以来、年末のテレビの定番として人気を博した。父にカラテチョップで挑む少年も、そのチョップをテレビで覚えた。

月のぼる砂にまみれて肥後守《ひごのかみ》

坪内稔典

このあたりで昭和三十年代をもう一度確認しておこう。まず昭和三十年（一九五五）だが、私が小学校五年生だったこの年、ラーメンが一杯八十円だった。蚊取線香や電気釜が登場した。米の生産が史上最高になり米不足時代が終わった。東京都では蚊や蝿の撲滅運動が始まった。以上のように書きつらねると時代が上向いている気配を感じる。貸し本屋が全盛を迎え、剣豪小説が人気だった。石原慎太郎の「太陽の季節」が芥川賞を受賞、太陽族という言葉が流行する。岩波書店の「広辞苑」もこの年に出た。

以上は「昭和・平成家庭史年表」（河出書房新社）に拠ったが、この本の昭和三十一年のページに「この年の学用品の値段」が出ている。

習字の筆　一〇〇円

国語ノート　三五円
コンパス　三十円
三角定規　二十円
セメダイン　二十円
工作用のり　一〇円
習字紙（一帖）　一〇円
ナイフ　五円

この「ナイフ」は鞘に肥後守と銘の刻まれた小刀、すなわち肥後守であろうか。肥後守は身辺にいつもあり、鉛筆をけずったり竹トンボを作ったりするのに使った。ともあれ、値段表はとてもつつましい感じだが、この年の「経済白書」のタイトルは「日本経済の成長と近代化（もはや戦後ではない）」であった。

さて、話題が急に変わるが、昭和三十年代の私は野球少年であった。小学校ではソフトボール、中学時代は軟式野球に熱中、なんと中学時代は野球部の主将だった。もっとも上手だったわけではない。守備位置はライト。打順はたしか5番だった。隣の町の中学校のチームと対戦したが、八対二くらいであっさり負けた記憶がある。

ソフトボールや野球の練習をするとき、よく粉末ジュースを飲んだ。「ワタナベの、ジュースの素です、もう一杯、憎いくらいにうまいんだ～」とエノケンがコマーシャルで歌った渡辺のジュースの素。人工甘味料を使った果汁風味の清涼飲料だが、そのジュースの素を水でといてよく飲んだ。

実は、そのころ、ちゃんとした本物のジュースも飲んでいた。しかもそれは取りたての新鮮なジュースであった。パッションフルーツジュースである。村ではそのころ、換金作物としてパッションフルーツを栽培していた。甘いジュースだったが、その独特の匂いが好きにはなれなかった。でも、母がよく、「これがほんとのジュース」と言って作ってくれたのでその味が今でも舌に残っている気がする。もっとも、パッションフルーツが栽培されたのはほんの一時期で、四十年代になると村の畑はすべて蜜柑になった。

ちなみに、パッションフルーツの和名はクダモノトケイソウ。夏、近所の家の時計草が咲くと、私はふと二つのジュースを思い出す。粉末ジュースとパッションフルーツジュース。この二つ、私の昭和三十年代の風味であった。

安保通る西日に凶器めく人影

原子公平

高校に入学したのは昭和三十五年（一九六〇）であった。バス、または船で通学した。バスは半島の海岸線に沿って走ったが、いくつかの峠を越えなければならなかった。雪の朝などはバスから降り、そろそろと峠を下るバスの後について歩いた。道幅は狭く、車体は崖にはみ出している感じで走った。対向車があるとすれちがいが大変だった。バスはバックをいやがり、対向車のトラックとにらみ合った。乗客はバスに加勢した。そんなにらみ合いに時間をとるので、通学バスは二時間近くかかった。朝の六時過ぎには家を出てバスに乗ったのだった。

そのうち、半島の入り江をまわる連絡船が新しくなり、バスから船による通学に変わった。八幡丸という船に乗ったが、通学時間が約一時間に短縮した。デッキで潮風に吹かれながら通学するのは楽しかった。快晴の日にはくっきりと現れる水平線に沿って八幡丸は走った。船を追って鴎が群れたが、そんなとき、たとえば若山牧水の歌を口ずさんだ。

白鳥は哀しからずや空の青海の青にも染まずただよふ

自分もまた一羽の白鳥になる感じだったが、真っ青な海上でシーンとした孤独感に浸るのは快感だった。三好達治の詩集「測量船」の冒頭にある「春の岬」もそのころに覚えた。

春の岬　旅のをはりの鴎どり
浮きつつ遠くなりにけるかも

もっとも、悪天候の日の船通学は大変だった。船室に横になっていると、船が波に乗るたびに、船室の端から端へざーと体が動くのだった。男子高校生はそれを面白がっていたが、同室のおばさんなどは船酔いして青くなっていた。

私が高校生になった年は安保の年であり、六月に日米新安保条約が成立した。その安保条約に反対する運動が広がっており、アメリカ大統領秘書のハガチーが羽田空港でデモ隊に囲まれ入国できなくて帰国したニュースなどになぜかわくわくしたが、でも、安保は外の世界の出来事だった。私は佐田岬半島の付け根にある川之石高校の生徒になって、やっと村の外へ出たばかり。それも、バスや船で出て、夜には村に戻ってくるという日々だった。

「安保通る西日に凶器めく人影」という句は、実はかなり後、楠本憲吉編の「戦後の俳句」（教養文庫）で知った。安保闘争では、全学連が警官隊と衝突し東大生の樺美智子さんが死亡した。秋には社会党委員長の浅沼稲次郎氏が十七歳の少年に刺殺された。そうしたニュースを見聞きして、「凶器めく人影」をぼんやりと感じていた。

ちなみに、この年十一月、国民所得倍増計画が閣議決定した。では、「昭和・平成家庭史年表」に拠ってこの年の流行語を挙げておこう。「安保反対。私はウソを申しません。所得倍増。声なき声。トップ屋。異議なし。全学連。ナンセンス。高姿勢。インスタント。金の卵。家付きカー付き婆抜き。セックスが最高よ。おおむね、だいたい」。二番目の「私はウソを申しません」はこの年十一月にあった総選挙向けの自民党のテレビＣＭで池田勇人首相がしゃべった言葉。本音しか言えないイメージを打ち出し、流行語になって成功したのだが、以来、世論を背景にした政権運営が始まった。

力士の臍《へそ》眠りて深し秋の航

西東三鬼

「秋の航」は秋の日の航海をつづめた言い方。力士が船にのって旅をしているのだが、眠ったその力士の大きくて深い臍が見えるのである。巡業に向かう力士であろうか。三鬼のこの句は昭和三十四年の作、「松山へ」と前書きのついた句で、「露の航ペンキ厚くて女多し」も同時の作だ。「露の航」も露の降りた日の航海をつづめた表現であるが、こちらはペンキを厚く塗った船の甲板だろう。そこに顔を厚く塗った女たちがたむろしている。「臍」や「ペンキ」という言葉がちょっとした笑いを生じており、その笑いがいかにも俳句のもの。さりげない笑い（ユーモア）を読者にもたらすのが上質の俳句である。

もう一度、三鬼の力士の句に戻るが、この力士は甲板で昼寝をしているのだろうか。あるいは夜の航海であって、船室で着物をはだけて寝こんでいるのか。いずれにしても寝息に応じて臍が動いている。その微妙な動き、見ていると（想像すると）なぜかおかしい。

ところで、松山への秋の航海といえば、関西汽船があった。大阪から神戸を経て別府に向かう船（たとえばくれない丸）が松山に寄港した。岡山の宇野港から高松へ渡る宇高連絡船もあった。三原や呉、広島の宇品から松山へ至る水中翼船も活躍していた。以上は私がよく利用した船というか、郷里を行き来した海の道であった。昭和、ことに新幹線が登場する以前、あるいは各地に空港が出来る以前の昭和には、主要な道は海の道であり、港を結ぶ船がにぎわった。つまり、海の時代、船の時代があったのだ。

そういえば、小学生のころ、父に連れられて別府へ花火を見に行った。私の住んでいた愛媛県の佐田岬半島は入り江ごとに小さな集落があり、その集落を連絡船が結んでいた。九州へ行く繁久丸という大きな船も寄港した。その繁久丸で花火を見に行ったのだが、そのころは別府や延岡などに親戚があった。船が行き来する九州の大分県や宮崎県はいわば生活圏であり、仕事で九州へ渡った親戚や、九州から嫁に来たおばさんがいた。そのころ、県都の松山市よりも別府や大分の方がうんと近かった。つまり、松山への陸路は遠く、九州への海路は近かったのだ。

新幹線、航空路、そして整備された高速道路が海の時代を過去へ押しやった。私などは消えて行く海の時代を生きたと言ってもよさそうだ。

ついさきごろ、函館で数日を過ごした。海運業の盛んだったころの倉庫が観光スポットになっており、今は朽ちかけた青函連絡船が港に繋留されていた。かつて函館は長崎、神戸、横浜などとともに世界へ開いた港であった。というより、日本の近代はこれらの港から始まった。船が行き来する海の道が世界をつないでいたのだ。

馬鈴薯にバターの溶ける港かな
海側の窓辺に秋と赤ワイン
雪の夜やロシアンティのジャムの味

右は函館の俳人、船矢深雪の句集「風わたる街」から引いた。これらの句、海の時代を引き寄せる感じだ。

春ひとり槍投げて槍に歩み寄る

能村登四郎

高校三年生になって下宿した。

二年生の秋ごろ、甲状腺に異変があると言われ、しばらく学校を休んだ。それで、病院に通う便宜もあり、下宿したほうが何かと好都合だ、と判断したのである。

下宿は高校のそばにあり、数分で登校できる距離だった。下宿先はUさんと言い、おばさんと小学生の男の子と女の子がいた。一家の主が亡くなり、それで東京から郷里へ引き上げてきた、という家族だった。この家の二階に私と一年生のO君が下宿したのである。

朝夕の食事は家族といっしょにとったが、その下宿の食事でスープを初めて体験した。大きなスープ皿とスプーンが出たとき、一瞬困った。どのようにして食べるのか……。そんなとき、小学生の男の子の真似をした。このときも真似をしながらいただいていたのだが、残り少くなってスプーンでうまく掬えなくなった。小学生の皿にはまだスープがいっぱいあったのだ。そのとき、おばさんが、「こうしてね、向こうむきに皿を傾けるの、ほら、できるでしょ」ときれいにスプーンを運んだ。その仕草も東京ことばもきれいだった。

そういえば、そのころ、フォークとナイフを使って食べるとき、ライスをフォークの背にのせて食べていた。たいていの人がそのようにしていた。不器用な私はその食べ方が苦手だった。実は、右手と左手を同時に別々に動かすことがうまくできない。右手も左手もいつでも同時に同じように動くのである。一方だけを動かすこともできない。だから、たとえば自転車に傘をさして乗るなんていうのは不可能。ピアノを弾くなんていうのもとうてい無理。今でも左右の手はいっしょに動いている。あるとき、それに気づいた娘が、「お父さん、手でよかったね。足だったら大変よ」と言ったので家族で大笑いをしたことがあったが、確かに手でまだよかったのかもしれない。ともあれ、そういう妙な特徴（?）があるので、ナイフとフォークは苦手なのだが、後年、高校に勤務していたとき、食事の作法を生徒たちとホテルで学んだ。その際、ライスはフォークですくえばよい、と教えられ、喉のつかえがおりた気がした。

やや余談に及んだが、下宿した私は陸上部に入った。駅伝を目指したクラブだったので、放課後は学校を出て海岸の道を走った。あるいは蜜柑山の坂道を登った。黙々と走るのが好きだった。とりわけ好きだったのは、練習に疲れたとき、グランドのクローバーの上に寝転ぶこと。

白い雲がゆっくりと流れるようすを見上げていると胸が広くなった。野球部やテニスクラブの練習の声が遠くに聞こえる。ときには野球のボールが転がってくる。「おーい、ツボさん、邪魔だよ」と言われながら、私は毎日のように転がっていた。ツボは当時の私の愛称（?）だった。寝転がった私はちょっとした孤独感にひたっていたのだ。今から思えば、その快さのために陸上部に入った、という気がしないでもない。

「春ひとり槍投げて槍に歩み寄る」は昭和三十一年に出た句集「枯野の沖」にある。グランドに寝転がっていた快さを思い出すとき、いつからか私はこの句を同時に思い出す。私もまた、ひとりで槍を投げていたのかもしれない。

首のない孤独　鶏　疾走《はし》るかな

富沢赤黄男《かきお》

陸上部員だった高校生のころ、練習のために海岸沿いの道をよく走った。佐田岬半島はリアス式の海岸であり、小さな湾の入り江ごとに集落があった。高校は半島の付け根に近い川之石にあったが、この町では明治三十五年（一九〇二）に俳人の富沢赤黄男が生まれている。

潮すゞし錨は肱をたて丶睡る
青貝に月の匂ののこる朝
雲流れ少年はるかなる空想

右は赤黄男の句集「天の狼」の作品だが、これらの句の詩情は私自身のもの、という気がする。海岸を走っていると、赤錆びた錨が道端に放置してあった。走るのを休んで磯へ出ると、いろんな貝が潮だまりにいた。ちなみに、川之石とはその名が示すように川の河口に開けた町であり、背後にはその地方でもっとも高い出石《いずし》の山々があった。川はその山々を源流としていた。「濤《なみ》幾重けぶれるかぎり　佐田岬瑞《みず》の垣なす　天霧らふ出石ほのかに雲映ゆる青き丘のべ　深き真《まこと》を究むるところ　あ、わがまなびや」。以上は川之石高校の校歌の一連だが、仰げば確かに「天霧らふ出石」があった。雲をかぶった出石の山が。あるいは、山頂に雪をいただいて出石が青空に光っていた。その出石の山の中腹に好きな同級生の女の子がいたので、私はしばしば出石を仰いだのだった。そのときの私の空想は「雲流れ少年はるかなる空想」という感じだった。

実は、駅伝の練習をしながら、その一方では文芸部の部員でもあった。いわゆる現代詩が大好きで、「現代詩手帖」という雑誌を買っていた。自分で郵便振替の手続きをして東京から送ってもらったのだが、その雑誌を通して大阪の詩を書く高校生などと文通した。私などよりもうんとむつかしい詩を作る高校生が各地にいて、むつかしく作るということに少しあこがれた。

そのころ、川之石高校の英語教師だった和田良誉から俳句を勧められた。三年のときは和田がクラス担任になり、クラス中に俳句熱が広がった。私たちの句は和田の添削を受け、大阪の「青玄」という雑誌に送られた。その雑誌で十代の俳人として特集されたりした。私も俳句を作ったのだが、なんとなく苦手だった。むつかしい詩にあこがれていた私は、ついついむつかしい句にしてしまう。「冬日に酔う細指の震え無神論」なんて句を作ったことを覚えているが、俳句はあまりにも短かい、と思っていた。

和田は好奇心の旺盛な、しかも器用な教師だった。私が卒業した後には民話の収集にのりだし、愛媛県の民話の研究家として知られた。高校在学中に私は彼から赤黄男という俳人を教えられたが、普通の俳句とはやや違う赤黄男の句を知ったことが、違和感を持ちながらもやがて俳句に深入りするきっかけになったのかも。

さて、「首のない孤独　鶏　疾走るかな」だが、これは昭和三十六年に出た句集「黙示」にある。この句集の出た翌年三月、彼は他界している。珍しい客があったり祭の際などには飼っていた鶏を絞めた。わが家では私が鶏を絞める役だったが、首を切り落とした鶏は、首のないままで庭先をしばらく走った。その庭のかなたに青い海が広がっていた。

鶴の本読むヒマラヤ杉にシャツを干し

金子兜太

鶴の本を読む人は、やがて乾いたシャツを着用し、一羽の鶴になって飛び立つ。そして、ヒマラヤを越えて遥かにゆく……。以上は兜太の句を口ずさむたびに私の頭に広がる幻想である。この句、昭和四十三年に出た句集「蜿蜒《えんえん》」にある。

私がこの句を覚えたのは、「ヒマラヤ杉にシャツを干し」が印象的だったから。私の通った川之石高校の中庭には大きなヒマラヤ杉があり、その木は学校のシンボルになっている。そういえば、校歌には「みんなみにたぎつ潮路は　とつ国へ遥かにかよふ　鵬《おおとり》のこころざしもて」という一節がある。もしかしたら、この「鵬」のイメージが兜太の句の「鶴」と私のうちで重なったのかもしれない。

それはともかく、高校時代の私は、謄写版を使って「草笛」や「午前」という同人誌を印刷した。牛小屋の二階を勉強部屋にしていたが、そこで印刷した。その謄写版は高校に入学して間もないころ、古道具屋で父に買ってもらった。入学祝いにねだったのだったか。この謄写版、大学受験に失敗して大阪へ行ったときも持っていった。その翌年、京都の立命館大学に入学、学生寮で暮らすことになったが、そこにも謄写版を持っていった。もっとも、寮にも謄写版があった。学生運動などのビラ、ゼミのレジメなどを謄写版で印刷していたのだ。

謄写版はガリ版、孔版とも言う。蝋を引いた原紙をヤスリの上に置き、鉄筆で字を刻む。そのガリガリという音が好きだった。ワープロが普及するまで、小部数の印刷にはもっぱら謄写版が活躍した。大学を終えて私は女子高校に勤めたが、高校の試験問題などの印刷物も謄写版印刷であった。

ワープロが登場し、謄写版はたちまち過去のものとなっていったが、そのワープロ、私はいちはやく購入した。リコーの製品で数十万円した。軽自動車並みの値段だったのだが、とてもうれしく、月刊の自家製新聞を作ったりした。原稿を書くのもワープロになった。

だが、ワープロ専用機の時代は短かった。パソコンに取って変わられたのだが、今、私はこの原稿をパソコンのワードで書いている。パソコン画面に横書きし、完成したら縦書きに変換する。俳句もパソコンの画面上で横書きして作る。今や私はパソコン老人である。

私は字を早く書く癖がある。ちゃんとした筆順やくずし方を身につけていないくせに早書きなので、たとえば「牛」と「手」の区別がほとんどつかない。「い」と「り」も曖昧になる。それだけに今ではパソコンがうれしい。文章を書く際、推敲などが実に手際よくできる。人の文章を読む際も、手書きよりはるかに読み易い。

パソコンに頼ると字を覚えなくなるとか、文体が変わってしまうとか、何かと危惧する人もあるが、私にとってのパソコン（ワード）は基本的には筆記具である。謄写版やワープロ専用機、そして万年筆とさほど違っているわけではない。しかも、謄写版少年だった私は、書くものが紙面としてきちんと構成されることに興味がある。編集的関心と言ってよいだろうか。その関心を満たしてくれるのだ、パソコンは。

ところで、還暦を迎える年、「ヒマラヤ杉に集まろう」と呼びかけて同級会を開いた。そして、「青春」をテーマにして今の在校生と討論した。かつてのホームルームを再現したのである。その日、在校生はヒマラヤ杉の下に並んで私たちを迎えてくれた。吹奏楽部が校歌を演奏して。私たちの気分はヒマラヤ杉の梢に舞いあがっていた。

脱落のランナー雪を見てゐたる

河野けいこ

東京オリンピックが開会したのは昭和三十九年十月十日。十月一日には東海道新幹線も開通した。私は学生寮の食堂のテレビでオリンピックを見た。

そのオリンピックから約半世紀がたったが、私にとって今なお印象に残っているのはマラソンで優勝したエチオピアのアベベである。彼は前回のローマ大会でも優勝しており、マラソンでは初の二大会連続優勝であった。

アベベはローマ大会のとき、裸足《はだし》で走った。それで、裸足のランナーとして話題になったが、東京では靴を履いていた。このアベベを忘れ難いのは、私もまたアベベであったからである。

正確に言えば、彼がローマ大会で裸足のランナーとして有名になったとき、私は日本のアベベになった。だから、東京大会のアベベに人一倍期待した。

裸足のアベベは縮れ毛のアベベでもあった。ひどい縮れ毛で、天然パーマ、羊、カリフラワーなどとあだ名のついていた私は、アベベが登場してから、アベベという新しいあだ名をもらったのだ。だから、アベベの優勝はことのほかうれしかった。

ところで、一九三二年生まれのアベベは、一九六三年に自動車事故を起こし、下半身が不随になった。対向車のランプに目がくらんで運転を誤ったというが、真相は不明らしい。アベベはリハビリを続け、身障者の犬ゾリレースなどに出場、スポーツに関わろうとしていた。だが、一九七三年に脳出血が起こり、四十一歳で他界した。このランナーの生涯には栄光と不運がないまぜになっている感じだ。

そういえば、東京大会のマラソンで銅メダルを得た円谷幸吉も忘れ難い。一九四〇年生まれ、陸上自衛官だった幸吉には、次のメキシコ大会での金メダル獲得が期待された。メキシコ大会の年の一九六八年一月九日、幸吉は自衛隊体育学校の宿舎で頸動脈をカミソリで切って自殺した。二十七歳だった。

幸吉は家族あての遺書を残したが、これが私は大好き。遺書を好きと言うのは不謹慎かもしれないが、「父上様母上様　三日とろろ美味しうございました。干し柿ももちも美味しうございました」と書き始められたその遺書は、反復される「美味しうございました」が呪文というか念仏のように響いて哀切だ。

敏雄兄姉上様　おすし美味しうございました。

勝美兄姉上様　ブドウ酒リンゴ酒美味しうございました。

巌兄姉上様　しそめし南ばんづけ美味しうございました。

まだ続くのだが、最後に再び、両親に向かって、「父上様母上様　幸吉は、もうすっかり疲れ切ってしまって走れません。何卒　お許し下さい。気が休まる事なく御苦労、御心配をお掛け致し申し訳ありません」と書いた。そして「幸吉は父上母上様の側で暮しとうございました」と遺書を結んだ。

東京オリンピックから一九七〇年の大阪万博に至る時代は、日本経済の高度成長期であった。都市化が進み、核家族が急増し、暮らしの基本のかたちが大きく変わった。その急変する時代のきしみ、それを幸吉の遺書にかすかに感じる。父や母の側では暮らさない、そういう時代がやってきた。

早春や夫婦喧嘩を開け放ち

小西雅子

大阪のオバサンという言葉があって、何もかもむきだしのエネルギッシュな中年の大阪女性を指す。その大阪のオバサンが数人もそろうと、あたりをはばからない盛り上がりを示す。電車の中などで大阪のオバサンの一団と乗り合わせると、おちおち居眠りしておれない。いや、居眠りしていたら確実に目を覚まさせられる。もっとも、大阪のオバサンたちは、その隣の人に「どうぞ、うまいよ」とか、「目が覚めるよ」と言って、アメ玉やガムをくれる。気に入られるとオニギリや干柿をもらうこともある。

大阪のオバサンは平成に入ってマスコミに登場したのだが、それ以前にもオバサンはいた。昭和のオバサンはたとえば親戚のオバサン。

私は昭和三十八年の春、高校を卒業して兵庫県尼崎市に出た。大学受験に失敗したので予備校で学ぶためであった。寄宿したのは東洋紡績に勤めていた親戚の家。社宅だった。夫婦と子ども二人の中で暮らすことになり、まだ小学生だった子どもたちからはお兄ちゃんと呼ばれた。その家の主婦はハルキおばさんだった。このハルキおばさんに私はまず都会での暮らし方を教わった。あちこちに連れていってもらって、関西がどのような都市かも教わった。

数ケ月をそこで過ごして、こんどは大阪市西成区の親戚のうちへ移った。ハルキおばさんの兄の家であった。鋳物工場のその家の仕事を手伝いながら、私は天王寺公園に近い予備校に通った。そこでもまた西成のオバサンにお世話になった。子どもが三人いたが、ここでもその子どもたちにお兄ちゃんと呼ばれて過ごした。

社宅とか町工場の狭い家に、いわば私は転がり込んだのである。よく受け入れてもらえたものだ、と今になって思っている。私に一部屋をあてがうためにオバサンは苦労をしたはずである。自分たちは雑魚寝してでも親戚の子に部屋をあてがう、もしかしたらそれが昭和のオバサンなのかも。

「妹《いも》の力」を説いたのは民俗学者の柳田國男であった。恋人や実際の妹、そしてオバサンなどが男を育て支える、その力を柳田は「妹の力」と呼んだのだった。

先に挙げたオバサンのほかに、私が支えられたオバサンはまだまだいた。兵頭のオバサンもその一人であった。

このオバサンは高校の同級生だったヨシオ君の母である。家族ぐるみの付き合いになり、ヨシオ君がいなくても泊まりに行ったりしたが、いろんな相談をこのオバサンにした。両親に相談しがたいもろもろを兵頭のオバサンは受けとめてくれたのだった。先年、ヨシオ君に教えてもらってオバサンの墓地に詣でた。墓地は佐田岬半島の付け根に近い川之石にあり、墓地からの眼下にはおだやかな宇和海が広がっていた。それは高校時代の私が毎日のように見ていた風景だった。水平線がくっきりしていた。

さて、「早春や夫婦喧嘩を開け放ち」という句だが、柳田國男によると、かつての夫婦喧嘩はこの句のように開放的だった。喧嘩になると妻は屋外に飛び出してわめいたり泣いたりした。すると、近所の世話好きなオバサンなどが出てきて夫婦の仲をとりもってくれたらしい。

昭和四十年代

ビートルズからウルトラマン／三億円事件と三島事件／日本万国博覧会／日本列島改造論と第1次オイルショック

	流行語	出版	できごと
昭和40年（1965）	しごき、ベ平連、夢の島、団地サイズ、マイホーム、モーレツ社員。	『なせばなる』（大松博文　講談社）、『白い巨塔』（山崎豊子　新潮社）。	7月29日、米軍、沖縄からの北ベトナム攻撃を開始。運動不足解消のため万歩メーター発売。ブロッコリー、オクラ新登場。ベンチャーズ来日でエレキブーム。
昭和41年（1966）	黒い霧、クロヨン、トウゴサン、核の傘、マッチポンプ、原宿族。	『五味マージャン教室』（五味康祐　光文社）。	5月30日、米原子力潜水艦、横須賀に入港。バーやクラブが林立、社用族天国。ミニスカートの流行。カラーテレビ・クーラー・カー（3C）が新三種の神器となる。
昭和42年（1967）	フリーセックス、核家族、戦無派、シンナー遊び、蒸発、順法闘争。	『頭の体操』1〜3（多湖輝　光文社）、『華岡青洲の妻』（有吉佐和子　新潮社）。	2月6日、ベトナム戦争で、米軍枯れ葉剤使用開始。4月15日、初の革新都知事・美濃部亮吉氏当選。資生堂男性用化粧品を発売開始。熱帯魚がブームとなる。
昭和43年（1968）	昭和元禄、ハレンチ、失神、ノンポリ、ポップ、サイケデリック、ゲバ棒。	『竜馬がゆく』1〜5（司馬遼太郎　文藝春秋）、『民法入門』ほか（佐賀潜　光文社）。	8月8日、札幌医大和田寿郎教授、我が国初の心臓移植。10月17日、川端康成氏ノーベル文学賞受賞。12月10日、東京都府中市で3億円事件発生。
昭和44年（1969）	はっぱふみふみ、ニャロメ、造反有理、エコノミックアニマル、オー・モーレツ。	『都市の論理』（羽仁五郎　勁草書房）、『知的生産の技術』（梅棹忠夫　岩波書店）。	5月17日、東京、大阪、名古屋にプッシュホン登場。7月20日、アポロ11号月面に着陸。10月4日、8時だよ！全員集合放送開始。10月6日、松戸市すぐやる課を発足。
昭和45年（1970）	ウーマンリブ、スキンシップ、鼻血ブー、ヘドロ、内ゲバ、ppm。	『冠婚葬祭入門』（塩月弥栄子　光文社）、『誰のために愛するか』（曽野綾子　青春出版社）。	3月14日、大阪万博開会77カ国参加。8月2日、新宿・銀座で歩行者天国実施。11月25日、三島由紀夫市ヶ谷自衛隊に乱入割腹自殺。anan, non-no 創刊。
昭和46年（1971）	ニアミス、ディスカバージャパン、アンノン族、がんばらなくっちゃ。	『日本人とユダヤ人』（イザヤ・ベンダサン　山本書店）。	7月20日、東京銀座にマクドナルド1号店、バーガー1個80円。ダスキンがハウスクリーニング1号店を大阪吹田にオープン。１００円化粧品ちふれがデパートに進出。

昭和47年（1972）	恥ずかしながら、日本列島改造、知る権利、未婚の母、のんびりゆこうよ。	『恍惚の人』（有吉佐和子　新潮社）、『女の子の躾け方』（浜尾実 光文社）。	1月24日、グアム島で太平洋戦争生き残りの横井庄一さん発見。5月15日、沖縄日本復帰。9月29日、日中国交正常化、11月5日、上野動物園でパンダ初公開。
昭和48年（1973）	石油ショック、省エネ、ちょっとだけよ、ユックリズム、終末。	『日本沈没』上・下（小松左京　光文社）、『ぐうたら人間学』（遠藤周作　講談社）。	8月8日、韓国の金大中氏東京のホテルから拉致される。9月20日、日本北ベトナムと国交樹立。10月、トイレットペーパー買い占め騒動。希望退職という言葉が初登場。
昭和49年（1974）	便乗値上げ、超能力、ゼロ成長、狂乱物価、日曜大工、ベルばら。	『ノストラダムスの大予言』（五島勉　祥伝社）、『かもめのジョナサン』（R・バック　五木寛之訳　新潮社）。	4月19日、モナリザ東京国立博物館で公開。7月7日、参議院総選挙。10月14日、ミスター・ジャイアンツ長嶋茂雄引退。11月26日、金脈問題で田中角栄首相辞任。

兄貴らのデンデケデケデケ桜咲く

児玉硝子

（「船団」七三号）


この句には作者のコメントがある。

「いつまでもあると思うな、親と金、そしてストーンズ」。

ストーンズはローリング・ストーンズ。座右の銘である。小学生のころ、中学生だった姉たちが夢中で聴いていたストーンズ。なぜビートルズではなかったのか。次姉が一言「ビートルズは顔が悪い」。

エレキギターは、もはや騒音ではない。

硝子は一九五三年生まれ、いわば私の妹世代である。エレキギターの音が心身深くに響いているのだろう。

ビートルズが来日したのは一九六六年、その三年前にストーンズが結成された。私が大学生活を過ごした学生寮には彼らの音楽に心酔している者が何人もいたが、私はほぼ無関心というところであった。

学生寮は鴨川に架かった葵橋の橋詰にあり、大学へは市電で通った。詰襟の学生服に下駄ばきだった。図書館の入り口には「下駄の人はスリッパに履き替えてください」と貼り紙があり、スリッパが用意されていた。その私などのスタイルからしてエレキギターからはずいぶん遠かった。

学生寮では六畳間に二人が暮らした。部屋の真ん中にカーテンを張って区切ったが、机一つでいっぱいだった。夏は窓を開け放し、冬は一つの練炭火鉢を共有した。一酸化炭素中毒によくならなかったものだと思うが、窓は隙間だらけ、ドアもちゃんとは閉まらなかった。学生寮には自治の伝統があり、いろんな場合に肩を組んで寮歌を歌った。「夕月淡く梨花白く、春宵花の香をこめて、都塵治まる一時や……」何かの折、寮歌のこんな一節をふと口ずさんでいる。私に根付いているのは寮歌のリズムらしい。

私は音楽にうとい。高校の教師をしていた二十代後半のある時期、神戸に出てよくジャズを聞いた。だが身に着く、という感じには至らなかった。クラシックだって聞き始めたらすぐに眠くなる。もちろん楽器の一つも弾けない。歌うのもだめで、まあ音痴に近い。

だからカラオケにもいかない。大学のゼミの学生たちには、カラオケに誘ったりしたら減点する、と言い渡している。私の心身は音楽の不毛地帯なのだ。

それでも、キース・ジャレットやチック・コリアのジャズピアノはなんとなく好き。気分のよい休日などには彼らのCDを聞く。あっ、次の句も愛唱している。

どれも口美し晩夏のジャズ一団　兜太

七夕のテレビの部屋に黒電話

塩見恵介

先日、地下鉄のホームで大きな声でしゃべっている人があった。どこそこから入金があった、領収書をどうしようという話。馬鹿に大きな声だな、と思って振り返ってみたら、私と同世代らしい男性がケータイでしゃべっているのだった。しきりに頭を下げて礼をしながら。ときどき、このような大声のケータイの人に出会う。たいていは私などより上の世代、いわゆる公衆電話世代である。

三月の公衆電話の中で泣く　　河野けいこ

私のいた学生寮には食堂に一台の公衆電話があり、時にはその電話に行列ができた。外からの電話もこの電話にかかって来る。すると、食堂にいる者が電話に出て、「何々さん、電話です」とマイク放送をした。放送があると走って電話口に出た。

そのころ、電話口では大きな声でしゃべった。ほんとうはさほど大きな声を出さなくてもよかったのだろうが、声が大きいとよく聞こえるという感じがした。だから、あまり人に聞かれたくない電話のときは近くの喫茶店へ行ってそこの電話をかけた。あっ、電話を「かける」という言い方を久しぶりにしたなあ。十円玉をいっぱいポケットに入れて、私はよく鴨川べりの喫茶店に走った。彼女との電話はもっぱらその喫茶店であった。

帰省したおりには近所の親戚の電話を借りた。まだどの家にも電話がある時代ではなかった。

やがて、一家に一台、黒電話が普及した。「七夕のテレビの部屋に黒電話」の俳句のようにだいたいはテレビのおかれた部屋に電話もあった。この句の作者は以下のようなコメントを書いている（「船団」七三号）。「テレビの部屋は聖域で、そこには、三世代みんな集まって飯を食う。その状況の中で電話が鳴ると、ちょっとした事件だった。年頃になって異性から電話を受けると、これはもう困った。かけるのもまた一苦労。こっそりダイヤルを回す」塩見のような黒電話世代になると電話の声が小さい。異性とこっそり話す訓練ができているからだろう。

先の「船団」には「山茶花やいちばんにとる黒電話」（やのかよこ）という句も出ており、作者は「電話のベルが鳴る度に〝ドキッ〟とし、とにかく一番にとることを心掛けた。待っている人からの電話でないことのほうが、はるかに多かったけど……」とコメントを添えている。あっ、電話をとるという言い方もそのころのもの言いだ。黒電話は確かに「とる」ものだった。

今、ケータイの時代になって、電話は「する」もの、そして、ごく自然に話すものになった。だが、公衆電話世代や黒電話世代という昭和人間は、ついついケータイに過剰に反応してしまう。すっかり身についている「かける」や「とる」の仕草が出てしまうのだ。

コカコーラ飲んで月まで飛んでいく

赤石忍々

昭和元禄、ハレハレ、ハレンチ、ズッコケる、失神、サイケデリック、大衆団交、とめてくれるなおっかさん、ゲバルト、ゲバ棒、ノンポリ、ノンセクト、タレント候補、構造汚職、太平ムード、ピーコック革命、ポップ、ライフサイクル、拒絶反応。以上は昭和四十三年（一九六八）の流行語である（「昭和・平成家庭史年表」）。

私は前年に大学を卒業し大学院に入学していた。だが、大学は学園紛争の嵐が吹き荒れており、授業はほとんど行われなかった。当時、政治や学生運動にさほど関心を示さない学生をノンポリと呼んだが、私などはまさにノンポリだった。といっても、ときどきはデモにも出た。京都の四条通りを祇園に近づくと、デモ隊は互いに手を握り合って道いっぱいに広がる。すると、それを警官隊が制止しようとする。そのつばぜり合いが続き、体制の崩れたデモ隊は蜘蛛の子を散らすように路地に逃げる。道いっぱいに広がるデモをフランス式デモと呼んでいたが、寮生は大挙してそのデモに参加した。だが、学生運動が激化し、セクトの争いがゲバ棒をふるうゲバルトになると、もう私などはついていけなかった。

大学に行っても授業のなくなった私は、そのころ、大阪・桜島の造船所で塗装のアルバイトを始めた。親戚のペンキ屋に雇われたのだが、貨物船の船倉に錆び止めのペンキを塗るのが仕事だった。ギリシャ船籍の船倉に自分たちの名前をペンキで大書したりして、鬱憤というか、なんとなくもやもやしていた気分を晴らした。そのアルバイトの合い間にときどき京都に出て、友人と夏目漱石を読み合った。あるいは、師事していた先生の研究室を訪ね、北村透谷や萩原朔太郎の話をした。大学院で私が研究テーマに選んだのは日本の近代詩であった。

さて、以上のような学生時代、よく飲んだのはコーヒーとコカコーラであった。特にコカコーラはその時代の青春のシンボルだった。テレビではしきりに「スカッとさわやかコカコーラ」というコマーシャルが流れていた。

初めてコカコーラを口にしたとき、薬くさいと思ったことを覚えている。スカッとさわやか、という感じではなかった。「コカコーラ飲んで月まで飛んでいく」の作者は、コカコーラを北海道の片田舎で初めて飲んだらしい。「首都から大学生の従兄が運んできた、見知らぬ黒い液体を飲んだ際の刺激といったら。これがまさに私の昭和である。それがアメリカからの飲み物であることを知ったとき、世界に先駆けて月面着陸した理由が分かったような気がした」（「船団」七三号）。これが作者の弁だが、アポロ十一号が月面に着陸、宇宙飛行士のアームストロングが月面を歩いたのは昭和四十四年（一九六九）七月二十日であった。

では、人類が初めて月を歩いたこの年の流行語も挙げておこう。「はっぱふみふみ、あっと驚くタメゴロー、ニャロメ、造反有理、やったぜ・ベイビー、オー・モーレツ、エコノミックアニマル、欠陥車、告発、しこしこ、疎外、ちんたら、ナンセンスドジカル、フォークゲリラ、悪のり」（「昭和・平成家庭史年表」）。そういえば、この当時、しこしこと生きるほかないのだろうなあ、と思ったのだった。今、「日本国語大辞典」でしこしこを引いたら、「持続的に、じみな活動をするさまを表す語」とあり、出典に中島梓（栗本薫）の「にんげん動物園」（昭和四十二年）が挙がっていた。この本にひざかけを「シコシコと編んでいる」という表現があるらしい。

太陽の塔の爆発桜咲く

平きみえ

大阪の万博公園の近くに住んでいる。通勤の行き帰りに太陽の塔が見える。大阪・千里で日本万国博覧会が開会したのは昭和四十五年（一九七〇）三月十四日。それから九月十三日までの会期に六千四百二十一万人が入場した。私はその前年に結婚、この万博の年の夏に長女が生まれている。

そういえば、この年四月、私は私立女子高校に就職した。結婚し間もなく子どもも生まれるのに定職がなくては不安だろうと、まわりの友人が就職先を斡旋してくれたのだった。だから、万博には女子高生を引率して見学に出かけた。

岡本太郎の作った太陽の塔が象徴する万博は、広い世界を実感させてくれたが、私の実際の暮らしはささやかで狭い世界であった。

結婚した当座は六畳と三畳のアパートに住んだ。マーガレット荘というしゃれた名前のアパートだった。私はペンキ屋のアルバイトや家庭教師でわずかの収入を得ていた、身分はまだ大学院生だった。妻には洋裁の技術があり、彼女が洋裁の仕事をしてくれたのでなんとか生計が立った。そのような、今から思えばやや無茶な新婚生活であった。

あるとき、銭湯代のない日があった。妻はその際、あっ、あれがあるから大丈夫、と言って、段ボールの箱を開けた。そこにあったのはコカコーラの空き瓶だった。その空き瓶、店に持ってゆくと確か一本十円で引き取ってくれた。つまり、空き瓶を売ってその日の銭湯代を捻出したのだが、これはわが家の伝説的美談になっている。というより、夫の私のふがいなさを示す話かもしれない。

子どもが生まれると分かって、就職したばかりか、家も少し広いいわゆる文化住宅に移った。日々の暮らしが私を押している、そんな感じで生きていた。

さて、「太陽の塔の爆発桜咲く」という句だが、作者はこの句に触れて次のように書いている。「子供二人を連れて入場料八百円。先ずはパビリオンでスタンプを押す手帳を買い、並びに並んでアポロの石を見ただけだ。今頃になってあのアポロの石は嘘八百だったとも聞いている。もう時間をかけて見たのににね。帰りは一人の子は私の背中でした」(「船団」七三号）。アポロの石とはアメリカの月探査計画（アポロ計画）で地球に持ち帰った月の石を指す。万博ではこれが人気で、アポロの石を見るために長い行列ができたのだった。後にあの石は偽物だったという学者が出現、なにかと物議をかもしたが。
ともあれ、「帰りは一人の子は私の背中でした」というくだりに、げっそりと疲れた見学者の実感がある。月の石をはじめ、人気のパビリオンには長い行列ができ、入場は容易でなかった。ちなみに、私は行列に並ばなかった。行列を避け、行列のないパビリオンをめぐった。その後のいろんな催しでも私は並ぶことを回避している。万博が私のそうした姿勢を決めたらしい。

太陽の塔の横顔梅日和　　中谷三千子

「船団」七三号には右の句も出ている。万博の跡地の現在の万博公園には広い梅園があり、その梅園からは紅梅や白梅の枝越しに太陽の塔が見える。私の好きな光景である。

古仏より噴き出す千手　遠くでテロ

伊丹三樹彦

大阪万博の前後から私は俳句に次第にのめり込んだ。私の関心は現代詩にあり、俳句にはなんとなくなじめなかったのだが、句会が楽しくなり、俳句をじっくり考えてみるのもいいかな、という気分になった。卒業論文は「季題の歴史的考察」だった。口頭試問で郷里の大先輩ともいうべき村田穆先生（西鶴の研究家）に貞門と談林を混同していると注意され、恥ずかしくて真っ赤になった思い出がある。

大学生時代、私は伊丹三樹彦が主宰する俳句雑誌「青玄」に参加、昭和四十三年には「青玄新人賞」という賞ももらっている。学部のころから大学院にかけての時期には、「アラルゲ」という俳句雑誌を出した。ガリ版の雑誌で、立命館大学、同志社大学、同志社女子大学、京都女子大学などの学生が参加した。そういえば、都留文科大学の山下勝也と語らい、全国学生俳句連盟なるものを立ち上げ、都留、京都、東京、愛媛などで全国大会を開いた。山下は高校の同級生であったが、全国学生俳句連盟には東洋大学、愛媛大学、関西学院大学などの学生が参加した。

思いついて、納戸を探し、「アラルゲ」の束を取りだした。二号（昭和四十年）から二十号（昭和四十三年）がくくられていた。もっとも、全冊がそろっているわけではなく二、六、八、九、十、十一、十三、十六、十七、二十号が残っている。当初、青玄京都学生サークルが発行者だったが、六号からは京都学生俳句会になっている。では七号（昭和四十一年）巻末の「アラルゲ作品抄」からいくつかを引こう。

城の芝生　時雨に尻の形のこし　矢野豊

車輪一つころがっていて　北陸は雨　佐々木梅治

まつかさ泣いてる　シーンシーンと冬林　渡辺利枝

日なたがあり　少女は靴にレンゲ詰め　仲啓樹

放課後の校庭　金次郎像はひとりぼっち　水光京子

鳥居緋に燃え　鳩がえぐる　渇く胸　柴田勝俊

夜の公園ブランコ鎖の冷たい日々　松山孝
スランプ対策　あじさい色買いこむ　大村澪子
辛夷が空の青さへ咲いた　女子大寮　柏木典子

ちなみにこの年、私は大学三回生だった（関西では～年生と言わず、～回生と言った。今でもそのように呼ぶ）。

以上、とても個人的な話をしたが、俳句を古いとか風流だとかは思わなかった。現代語で現代の俳句を作るという伊丹三樹彦の考えをごく自然なこととして受けとめていたのだろう。そのことは右に挙げた友人たちの句からも言える。上手下手は別にして、同時代の五七五がここには自然に呼吸している。では、そのころの私の句（「アラルゲ」三号）も挙げておく。

ある日　どしゃぶり　光を放つ果実店

三島忌の帽子の中のうどんかな

摂津幸彦

三島由紀夫の割腹事件を鮮やかに覚えている。勤務先の高校のテレビで市ヶ谷の自衛隊に突入したニュースを見た私は、急いで自宅に戻り、テレビの前に座った。高校のすぐ裏に私は住んでおり、ちょうど授業のない時間だった。

テレビに釘付けになって事件を追ったのだが、正直に言えば、割腹だとか介錯だとかいうのは嫌だと思った。その日に三島の配布した檄文には、「共に起って義のために共に死ぬのだ」という一節があるが、割腹や介錯は義のために死ぬ一種の儀式なのだろう。だが、義のためには死なない、という生き方があってもいいのではないか。

言うまでもないが、犬も猫も小鳥も、そして私の好きなカバにしても義のために死ぬことはない。義という抽象的な意味に殉じるのは人間だけだ。義のために死ぬのはいかにも人間らしいことではあるのだが、だが、多くの生物の死と違わないほうがよい。人間的特殊性よりも生物的一般性に従いたい。ともかく、義のために死ぬことは極力少ないほうがよい。

「三島忌の帽子の中のうどんかな」の作者は学生時代からの俳句仲間だが、「帽子の中のうどん」という非現実的というかややグロテスクなイメージは、彼が三島の死をそのようなイメージでとらえていることを示している。帽子の中のうどんは食べたくない。そのような気持ちだと言ってもよい。

ところで、昭和四十五年（一九七〇）十一月二十五日の三島の忌日は、彼の作品「憂国」にちなんで憂国忌と呼ばれている。だが、季語として憂国忌よりも三島忌のほうがやや優勢かも知れない。というのは、憂国忌の句よりも三島忌の句のほうが多く詠まれている気がするから。

私は歳時記（『角川俳句大歳時記・冬』平成十八年）に三島忌の解説を書いている。

　一一月二五日。小説家、三島由紀夫の忌日。憂国忌ともいう。三島は大正一四年（一九二五）東京生まれ。昭和二四年（一九四九）の書き下ろし小説『仮面の告白』で作家的地位を確立、『金閣寺』『潮騒』『豊饒の海』などの多彩な小説によって現代日本の代表的な小説家となった。昭和四五年一一月二五日、自衛隊の市ヶ谷駐屯地に突入、自衛隊の決起を促して割腹自殺した。四五歳。貴族趣味の傾向があった三島は、俗の文芸である俳句にはほとんど関心を示していない。

以上が私の解説だが、憂国忌と呼ばず、三島忌というところに、私は俳句的発想というか、義のために死なない思想を感じている。

ちなみに、私は「潮騒」の次のくだりが大好きである。新治と初江が焚火をはさんで向き合う場面だ。火を跳びこして来いという初江に応じて、新治は躊躇せず跳び越す。「次の刹那にその体は少女のすぐ前にあった。彼の胸は乳房に軽く触れた」こういう場面には義よりも人間的自然とでも言うべきものが横溢している。

鉛筆削り機まわしてまわして禿《ち》びる春

明星舞美

「恥ずかしながら　三角大福　日本列島改造　総括　あっしにはかかわりのねえことでござんす　知る権利　ナウい　未婚の母　同棲時代　恍惚の人　のんびりゆこうよ　バイコロジー　若さだよ、やまちゃん」

右は昭和四十七年（一九七二）の流行語である（「昭和・平成家庭史年表」）。「恥ずかしながら」はグアムから帰還した元日本兵・横井庄一氏の帰国第一声。次の「三角大福」は佐藤栄作首相の後継を争った自民党の政治家だ。三木武夫、田中角栄、大平正芳、福田赳夫の各氏を指すが、この中からまずは田中角栄氏が首相になり、日本列島改造を唱えた。高速道路を列島に張りめぐらすという計画だが、地価の高騰を招きながら高速道路が次々に作られた。日本の経済成長が続いたのだが、その一方で、「あっしにはかかわりのねえことでござんす」という時代の動向にそむくような志向が共感を得た。「のんびりゆこうよ」（モービル石油のコマーシャル）とかバイクとエコロジーを合成したバイコロジーという言葉がはやったのも、高速道路を自動車で疾駆する時代へのちょっとした叛意だったと言ってよいだろう。バイコロジーは自転車でゆっくり行くこと、すなわち大気汚染を防いで人間らしさを回復するという意味があった。

この時期、私は「あっしにはかかわりのねえこって」と口にする木枯し紋次郎に共感していた。木枯し紋次郎は中村敦夫が主演したテレビドラマだが、長い楊枝をくわえた紋次郎は少しニヒルだった。ちなみに、流行語になった「あっしにはかかわりのねえことでござんす」は映画版「木枯し紋次郎」のせりふである。

この「木枯し紋次郎」の前に、実は私は「素浪人　花山大吉」のファンであった。昭和四十四年から翌年にかけて放映されたテレビドラマである。花山大吉（近衛十四郎）と焼津の半次（品川隆二）が珍道中を続けるのだが、大吉の頭のよさと反骨精神が快い。もっとも、大吉はピンチになるとかならずしゃっくりが出て、それを直すには酒がいる。また、オカラが大好きで、酒の肴にオカラがあれば言うことはない。六十八人前のオカラを食べ、四十八本の酒を飲んで酔い潰れたことさえある。居酒屋にオカラがないと、「けしからん」

「いかんなあ」と必ず言うが、こんな花山大吉をテレビの前に寝そべってよく見た。

萬屋錦之助が主演した「子連れ狼」というテレビドラマ（昭和四十八年から放映）も人気を博したが、私は花山大吉が一番好きだった。オカラが大好物という飾らない人柄にひかれたのだろう。私はあんパンが大好きで、毎朝一個か二個を食べている。もしかしたら、花山大吉が生き生きとしていた時代の気分に私は感染し、大吉がオカラを愛したようにあんパンを愛しているのかもしれない。

さて、「鉛筆削り機まわしてまわして禿びる春」だが、鉛筆削り機の普及も日本の経済成長の一つの現象だった。大学生のころ、私はナイフで削っていた。鉛筆が短くなると、軸を人工の軸に挿して使った。鉛筆削り機は便利だが、たちまち鉛筆が減ってしまい、とてももったいない気がした。この句は「船団」七三号から引いたが、「禿びる春」という言い方には、身を削られるような作者の思いがある。この作者も大吉や紋次郎のファンだったのかも。

梅雨夕焼負けパチンコの手を垂れて

石田波郷

この句の主人公はがっかりしている。パチンコに負けて肩を落としているのだ。梅雨の西空は夕焼け、その夕焼けの赤が負けた心にしみる。

昭和四十年代の末、すなわち私の二十代が終わろうとするころ、私は女子高校をやめた。三年間勤め、その間に二人の子が生まれていた。辞職した私はいくつかの高校の非常勤講師になった。友人と小さな出版社を興し、詩歌の本などを出した。何をほんとうにしたいのかが分からず、一種の青春の彷徨を始めたのだ。そのように言えば恰好がよいが、実際は漂流のような日々が始まった。さいわい、主な収入はラジオの台本書きで確保できていた。その収入があったから退職の決意がついたのであった。

その彷徨の日々は五年間続いたのだが、時間がたっぷりあったのでよく友人とパチンコに行った。よく行ったので腕前も上がっていた。ある日、神戸の三宮でパチンコをしたが、その日は調子がよくて勝利した。帰途、古書店の店頭で「子規全集」を見かけた。戦前に改造社から出た二十二冊の全集である。全集の値段はその日にパチンコで得た額だった。私は衝動買いをし、友人と手分けして提げて帰った。

子規の名は知っていたが、それまでちゃんと読んだことはなかった。読み始めたらおもしろく、たちまち夢中になった。昭和四十九年四月に私は友人たちと同人誌「黄金海岸」を創刊した。この名前は私が提案したものだが、この雑誌に子規論の連載を始めた。私はちょうど三十歳だった。二年後、私は最初の子規論「正岡子規―俳句の出立」を出した。なんとなく自分の道というか、したい事が見えて来た。そういう感じになった。

もちろん、なおもパチンコには行っていた。パチンコが機縁で子規と出会ったために、たとえば子規について何かを書くとき、まずはパチンコに行った。パチンコをしながら子規と出会った初々しい気分を再体験しようとしたのだ。この習慣は長く続き、子規についての仕事の前にはきまってパチンコをした。五十歳近くなって体力的にパチンコがつらくなり、その習慣をやめたが。

というわけで、子規は私にとってパチンコ屋で出会った兄貴である。この出会いを良かったとつくづく思っている。常識的に言えば、子規は文学史に名をとどめている文学者だし、私にとっては郷里（愛媛県）の偉人である。だが、私はパチンコ屋で肩を触れ合うようにして子規に出会った。その感じで子規を読み、子規を考えてきた。

さて、その後に分かったのだが、郷里にいた私の父もパチンコ好きだった。数年前に九十歳で他界したが、なんと死ぬ二日前までパチンコに行っていた。パチンコにはバスに約一時間乗って行く。つまり、パチンコに行く父は元気なのである。だから、父に電話するとき、「パチンコに行ってる？」と真っ先に聞いた。それが安否の確認だった。

余談に及んだ。昭和四十年代の末、パチンコの玉を弾きながら、私は子規を考えていた。ちなみに、波郷の句は昭和三十二年刊の句集「春嵐」にある。パチンコをしながら私はしばしばこの句を口ずさんだ。負けることが多かったのだ。

莨《たばこ》火の貸借一つ枯峠

上田五千石

二十歳になったころ、煙草を口にした。くらくらっとして苦く、少し吐き気もした。もちろん、咳き込んだ。それでもがまんして咥え煙草で歩いた。以来、五十歳くらいまでの三十年間煙草を吸った。

最初はハイライトという煙草。途中でセブンスターに、それからマイルドセブンに変わった。

煙草を吸い始めた学生時代には、ときどき、煙草代にことかくことがあった。そういうときは灰皿のシケモク（煙草の吸殻）を漁った。「一本くれ」と言って友人に無心したこともある。

そのころ、たとえばカンピと呼んだ缶入りの煙草のピースはあこがれだった。大学の哲学の教授は講義中に煙草タイムをとり、皮の鞄からカンピを取り出して吸った。私たちはたいていがハイライトで、教室中に紫煙が立ち込めた。

ちなみに、JT（日本たばこ）の調査によると、日本人が煙草を吸ったピークの年は昭和四十一年であり、成人男子の八十三・七パーセントが喫煙したという。そのころ、私は咥え煙草の大学生だったのだが、確かにどこへ行っても人々は煙草を吸っていた。電車やバスには灰皿があったし、喫茶店も煙がもうもうだった。

嫌煙とか嫌煙権が言われるようになったのは昭和の終わろうとするころからではなかったか。私が煙草をやめたのは胃潰瘍で倒れたのが原因だった。医者に煙草をやめないと命を縮めると脅された。ちょうどそのころ、家を移ることになり、本などを片付けたが、私の部屋の本や本棚などは煙草の脂でべたべたしていた。そのすさまじさが禁煙を促したのだが、カミさんからは、「あなたの煙で私らの肺などもべたべたになっている」と嫌みを言われた。もちろん、引っ越した新しい家では煙草を口にしなかった。

実は、それまでにも何度も禁煙を試み、ことごとく挫折していた。で、煙草がないといらいらして考えられない、原稿も書けない、と煙草の功徳を説いていたが、やめてみると、別になんていうこともなかった。むしろ、身辺が清潔になり、食べるものもうまくなった気がした。今では煙草の煙や臭いが苦手になり、喫煙している人に出会うと、昔を棚上げして、「やめたらいいのに。吸う場所にも困るでしょ」と言っている。

そういえば、スモーカーとか愛煙家という言葉があった。私も一時期はセブンスターを日に二箱くらい吸うヘビースモーカーであった。

先日、かかりつけの医者にその話をしたら、三十年も吸っていた影響はまだあるかもしれない、と脅し、とりあえず肺癌などを調べるCTやエコーによる検査を勧めた。肺癌の気配はなかったが、膀胱に微小の腫瘍が見つかった。摘出手術をしてくれた医者は、「こんな小さなものがよく見つかったなあ」と何度も言ったが、もしかしたら、煙草をやめた効果が現れたのかも。

ところで、「莨火の貸借一つ枯峠」という句は昭和四十三年に出た句集「田園」にある。枯峠は冬枯れの峠だが、この句の峠は眺めのいい観光地の峠であろうか。その峠で、「煙草の火、貸してください」「はい、どうぞ」と火の貸し借りをしたというのだ。峠に限らず、駅や広場、あるいは街を歩いているときに、「火、貸してください」とよく声を掛けられた。こっちからも掛けた。燐寸やライターを持っていないとき、誰かの煙草の火を借りて自分の煙草に火をつけたのである。

昭和五十〜六十三年まで

天安門事件と日航機ハイジャック事件／昭和元禄と「なんとなくクリスタル」／ディズニーランド開園／日航ジャンボ機御巣鷹山墜落事件／昭和天皇崩御、そして、平成へ

	流行語	出版	できごと
昭和50年（1975）	赤ヘル、中ピ連、おじゃま虫、自宅待機、複合汚染、植物人間、落ちこぼれ。	『収容所群島』（ソルジェニーツィン　木村浩訳　新潮社）。	4月30日、ベトナム戦争終結。10月27日、駅売り夕刊紙日刊ゲンダイ発売。紅茶キノコが大ブーム。テレビゲームの第1号「テレビテニス」登場。
昭和51年（1976）	記憶にございません、構造汚職。	『知的生活の方法』（渡部昇一　講談社）。	7月27日、ロッキード疑惑で田中角栄逮捕。持ち帰り弁当「ほっかほっか亭」オープン。ピンクレディーデビュー。給料の銀行振り込み開始。東京駅に新幹線用券売機登場。
昭和52年（1977）	魚ころがし、シルバー族、よっしゃよっしゃ、ルーツ、デノミ、たたりじゃー。	『間違いだらけのクルマ選び』正・続（徳大寺有恒　草思社）。	11月30日、米軍立川基地返還。布団乾燥機発売。タウン誌がブームとなる。キッチンドリンカーが社会問題となる。平均寿命女性77・95歳、男性72・69歳でともに世界一。
昭和53年（1978）	サラ金、不確実性の時代、嫌煙権、家庭内暴力、試験管ベビー、足切り。	『頭のいい税金の本』（野末陳平　青春出版社）。	A級戦犯14人を靖国神社に合祀。福岡県の菓子屋がホワイトデーを始める。表参道に竹の子族出現。岐阜県で始まった口裂け女騒動が全国へ波及。
昭和54年（1979）	ウサギ小屋、口裂け女、エガワる、天中殺、インベーダー、ダサイ、ギャル。	『算命占星学入門』（和泉宗章　青春出版社）、『もう頬づえはつかない』（見延典子　講談社）。	6月28日、東京サミット開催。7月1日、ソニーがウォークマン第1号を発売。栄養ドリンク大ブーム。省エネルック登場。奈良の畑から古事記の編者太安万侶の墓発見。
昭和55年（1980）	クリスタル族、赤信号みんなで渡ればこわくない、カラスの勝手でしょ。	『悪魔の選択』上・下（F・フォーサイス　角川書店）。	7月19日、モスクワ五輪開催、日本不参加。9月22日、イラン・イラク戦争始まる。12月8日、ジョン・レノン射殺される。立体パズル・ルービックキューブ人気爆発。
昭和56年（1981）	フルムーン、ロリコン、ぶりっ子、なめんなよ、人寄せパンダ。	『窓ぎわのトットちゃん』（黒柳徹子　講談社）。	1月20日、封書50円を60円、ハガキ20円を40円に値上げ。2月14日、中国・楼蘭で3800年前の少女のミイラ発見。写真週刊誌フォーカス（新潮社）創刊。

昭和57年（1982）	なめたらいかんぜよ、機長！なにをするんですか、ひょうきん、ルンルン。	『プロ野球を10倍楽しく見る方法』（江本孟紀　ベストセラーズ）。	2月8日、東京赤坂ホテルニュージャパンで火災、死者33人。2月9日、日航DC8型機羽田沖に墜落、機長の心身症が原因、乗客24人死亡。500円硬貨登場。
昭和58年（1983）	いいとも、おしん、不沈空母、ニャンニャン、軽薄短小、義理チョコ。	『気くばりのすすめ』（鈴木健二　講談社）、『積木くずし』（穂積隆信　桐原書店）。	2月12日、浮浪者連続殺傷事件で少年グループを逮捕、社会に衝撃。4月15日、東京ディズニーランドがオープン。10月3日、伊豆・三宅島の雄山21年ぶりに噴火。
昭和59年（1984）	イッキイッキ、キャピキャピ、疑惑の銃弾、くれない族、かい人21面相。	『三毛猫ホームズのびっくり猫』（赤川次郎　光文社）。	5月、禁煙パイポ発売。7月29日、オリンピックロサンゼルス大会開催。11月、買ったその場で当たりがわかるラッキー7くじ発売、爆発的人気に。焼酎ブーム。
昭和60年（1985）	金妻、カエルコール、おニャン子、うざったい、マニュアル人間。	『女の器量はことばしだい』（広瀬久美子　リヨン社）。	3月11日、東京都田無市男子職員に育児時間を認める。3月17日、つくば科学万博開催。3月22日、厚生省日本人エイズ患者確認を発表。4月1日、電電公社、専売公社民営化。
昭和61年（1986）	プッツン、マジ、とらばーゆ、亭主元気で留守がいい、レトロ、知的水準。	『自分を生かす相性・殺す相性』（細木数子　祥伝社）。	1月28日、スペースシャトル・チャレンジャー爆発。4月28日、ソ連・チェルノブイリで原子力発電所爆発。7月1日、使い捨てカメラ・写ルンです発売。
昭和62年（1987）	マルサ、地上げ屋、グルメ、朝シャン、フリーアルバイター。	『サラダ記念日』（俵万智　河出書房新社）。	4月1日、国鉄からJRに改称。10月16日、ブラックマンデー。コードレス電化製品が続々登場。千葉県にがんの末期医療緩和ケア病棟開設。
昭和63年（1988）	しょうゆ顔、ソース顔、DINKS、ぬれ落ち葉、ドーピング、自粛。	『ノルウェイの森』上・下（村上春樹　講談社）。	2月10日、ゲームソフト・ドラクエⅢ発売、ドラクエフィーバー。3月17日、屋根つき球場東京ドームオープン。スチュワーデスの呼称をキャビン・アテンダントに。

寒夕焼け志村君ちの厠《かわや》まで

岡野泰輔

「寒夕焼け」は寒中の夕焼けである。この句、その寒の夕焼けが志村君の家の厠（トイレ）まで明るくしている。お尻が寒いのに夕焼けで妙に明るく、なんとなく落ち着かない。そんなトイレの光景である。作者はこの句について次のように述べている。

無臭化と芳香化が過剰に進んでいる。昭和は多くの臭い（匂い）に満ちていた。それらはいくつかの場所の記憶として映像とセットで今でも不意に甦ってくることがある。桑畑と茶畑の連なりの向こうに夕日が落ちるまでよく遊んだな。志村君の家、頭の中で間取り図まで描ける。多くの家で便所は忌避される場所として西側か北側にひっそりと在った。（「船団」七三号）

確かに昭和には臭いがあった。汲み取り式便所の臭い、汗の臭い、靴下や靴の臭い。男も女も臭いがしていた。父には父の、母には母の臭いが強烈にした。だが、そういう臭いを消す方向に時代は進み、平成に至ると無臭化、芳香化、そして清潔化が時代の常識みたいになる。便所は水洗式になり、ウォッシュレットが急速に普及した。

そういえば、トイレの芳香剤が普及したころ、秋に金木犀が咲くと、「あっ、トイレの匂い」と言った小学生がある。

では、「船団」七三号から火吹竹の句も引こう。

火吹竹昭和の音で吹きにけり　　藏前幸子

作者は言う。「風呂を沸かそうと新聞や枯枝を焚き口にくべて燐寸をすり、火吹竹で吹くと焚き口の小枝が燃え、その炎がめらめらと祖父のほうへ向ってくる。怖くても見ていたい焚き付けの瞬間だった。祖父の火吹竹を使うときの息遣いやその音までも記憶にとどめている。この火吹竹は弟のチャンバラゴッコにも活躍した」。この作者のコメントには今ではもうほとんど使われない言葉が次々出ている。焚き口、燐寸、焚き付け、チャンバラゴッコだ。もちろん、火吹竹も。

便所が水洗式になったこと、炊事の火がガスや電気に変わったこと。この二つ、昭和時代のもしかしたら最大の変化かもしれない。江戸時代、いやもっと昔の平安時代でも、便所は汲み取り式、炊事では火を焚いた。その生活の基本が変化したのである。

小学生時代、放課後や日曜日には仲間といっしょに焚き付けや薪を取りに山に入った。杉や松の葉を掻き集め、木々の枯れ枝を拾った。杉や松の葉は焚き付けになった。風呂を焚くのはどの家でも子どもの仕事だった。焚き口に座り、火の番をしながらマンガを読んだ。火が消えそうになると火吹竹で吹いて火をおこした。風呂の焚き口のそばには十能や火消し壺が置いてあった。十能は熾《おき》をのせて火消し壺に移す道具だ。熾は薪が燃えて炭のようになったもの。これを火消し壺に入れて密封すると消し炭になった。消し炭は火がおきやすいので、炭に火をつけるときなどに重宝した。

以上、便所と火の変化を回想したが、この変化が清潔さをも目指していることにはやや違和感がある。いつも鼻炎気味で臭いに鈍感な私だが、できれば〈ねんてん〉の臭いを発散して生きたい。昭和の子は臭いのかたまりだ、という気がしないでもない。

怒らぬから青野でしめる友の首

島津亮

昭和五十年（一九七五）、私は三十一歳であった。その三十代前半は、よく読み、よく飲み、よくパチンコをした。当時は今のような気楽な居酒屋はなかったので、誰かの部屋に集まって深夜まで、ときに夜明けまで飲んだ。飲みながらぐだぐだと議論をした。ときに議論が喧嘩になることもあった。

おごそかに一升瓶が立っている「人生は」と語りそうな気配よ　佐佐木幸綱
君と飲む昔のごとき夏の夜は一升瓶を畳に立てて
元旦の一升瓶は脊筋のばし健気なりわれの起床をまって
犬に見られてわれは四時間座ったまま一升瓶の酒を飲む人

右は歌集「ムーンウォーク」（二〇一一年）から引いた。幸綱は昭和十三年生まれ、私などから言えば兄世代の歌人である。彼は酒好きな歌人として知られるが、とりわけ好きなのは一升瓶の日本酒らしい。一升瓶を愛するところはとても昭和的なのではないだろうか。

実は、私はさほど酒が強くない。一見強そうな顔をしているらしく、中元や歳暮に一升瓶をくれる人がある。だが、一升瓶はちょっと困る。飲みきれないのだ。わが家では船団の会の編集会議などをすることがあり、そういうときはたいてい酒席になるのだが、年々一升瓶派は減ってゆき、今は缶ビールとか焼酎の水割りなどが好まれる。だが、三十代の私たちの集まりには一升瓶がどんとあった。たいてい座の真ん中にどんとあった。

そういえば、一升瓶のあったころは、酔うてくだをまくことが許された。泣き上戸や笑い上戸、あるいは口説き上戸やからみ上戸がいた。「怒らぬから青野でしめる友の首」の作者は一種のからみ上戸であった。飲めば飲むほどに饒舌になって俳句論をだれかれにふっかけた。私の首に手を掛け、酒臭い息をふっかけながら、「なあ、坪内さん、俳句はなあ……」としゃべった亮の気配を今でも思い出すことができる。彼は大正八年生まれだから、父に近い世代なのだが、酒が年齢差などを解消していた。彼の「怒らぬから」という句からは、一升瓶があったころの濃密な友情というか、酒臭い息を吐き合う付き合いを思い出す。

亮は、たとえば出版記念会などで酒がまわると元気が倍増した。来賓の挨拶に野次をとばし、ときには絡んだ。その一種の狼藉ぶりが昭和の宴会の特色だったのではないか。親族が集まった冠婚葬祭の酒席でも、酒の勢いを借りて暴れる者がいたが、酒のせいとして許されていた。汚い話だが、飲み過ぎてへどを吐く人もしばしばだった。

だが、酒による狼藉が次第に認められなくなる。亮にしても、出版記念会で野次を飛ばすと、「引っ込め！　酔いどれ」と怒鳴られるようになった。そのような雰囲気が、一升瓶を次第に遠くした。誰かのところへ集まって飲むよりも、居酒屋で皆で明るく飲むというように変化して行った。句会の後の酒席や句集の出版記念会などでも酔っ払いは嫌われるようになった。

では、もう一首、幸綱の歌を引こう。「昭和はもう程よき遠さ　ごつごつの頑固　ダブルグラスのバーボン」。バーボンウィスキーを飲むときはダブルで飲む。それは幸綱の昭和的流儀であり、一升瓶もまた彼は頑固に愛しているのだろう。ちなみに、彼は端然と飲む。崩れたところを見たことがない。

男来て晩夏へ放つブーメラン

坪内稔典

父は郵便局に勤めていたが、仕事はさっさと片付けて、釣りをしたり花を栽培したりしていた。釣りは初め、池で鯉を釣っていた。小麦粉を丸めた餌で夜に釣る。何度か連れていってもらったが、なかなか釣れないので退屈だった。池の岸に寝転がっていると星がいくつもいくつも流れた。あんなにたくさんの流星を見たのはそれが最初にして最後だった。中学生か高校生のころである。

やがて父の釣りは海釣りに転じた。専用の木造の釣り船を買い、連日連夜、釣りに出ていた。太刀魚釣りについて行ったが、引きが強く、くねりながら夜の海中を上がってくる太刀魚はダイナミックだった。釣り船は手漕ぎだったので、いつのまにか私も櫓が漕げるようになっていた。父にポイントを教えてもらって、友人を乗せて何度かベラ釣りをした。

父は器用で、料理が得意だった。村で結婚式があるときなど、料理人として雇われて行った。包丁をたくさん用意しており、大根や人参で飾りの動物を巧みに作った。花の栽培にも凝っていた。グラジオラスなどの新種を庭先で作ったが、花の種などは通信販売で買っていた。

楽器も弾けた。ハモニカが得意で、草笛なども簡単に吹いた。母によると、若いころはバイオリンがうまかった、ということだが、父のバイオリンを聞いたことはない。冬には一日をかけて大鍋で芋飴を作ったし、手うちのうどんも年に何度か食べさせてくれた。竹ひごでメジロの籠を編み、子どもの手袋を毛糸で編んだ。

父が母を失ったのは昭和五十七年。母は六十六、父は六十八歳だった。その年の私は三十八歳。私は父の三十歳のときの子であった。母は手遅れの胃癌だったが、亡くなるまで父が付き添って看病した。葬儀の日、喪主の父が行方不明になった。なんとか探し出したが、喪服を着ようとしない。よれよれのジャージにカーディガンという普段着で押し通した。

それから九十歳まで、一人で暮らした。玄人はだしの料理に腕をふるったり、老人会の世話をしながら過ごした。食事、掃除、洗濯もすべて自分でした。弟の家族のそばで暮らしたのだが、最晩年まで暮らしは独立していた。

九十歳が近くなったころ、足が痛くなって歩くことが不自由になった。それでも、週に何回かはパチンコに出かけていた。バスに乗って一時間くらいかけてゆく。死の二日前まで行っていたことは前にも書いたが、帰路はたいていタクシーだった。勝ったときはタクシーの運転手にチップをはずんだ。だから、ツボウチのオッチャンを乗せることを運転手は喜んだという。

そんなある日、弟から電話がかかってきた。オヤジが村で問題になっているという。風紀を乱しているらしい。歩くのが苦痛になった父は、平地のおばあさんに電話し、お前は卵を買ってきてくれ、おまえは肉と豆腐を買ってきてくれ、と買い物を依頼した。父の家は高いところにある。買い物をしたガールフレンドは坂道を登ってくる。そして、父の家で夜な夜な宴会が開かれることになった。弟によると、夜中の二時ごろでもまだ騒いでいる。で、ツボウチのオッチャンは風紀を乱している、ということになったらしい。まあ、放っておこう、というのが私と弟の相談の結果であったが、要するに、困った老人、に父はなったのである。

「男来て晩夏へ放つブーメラン」は私の句だが、父は今も不思議なブーメランを放っている気がする。その父、私よりもスマートで長身、しかもハンサムだったと親戚の人々は断言する。昭和の父は不思議だ。

母さんが父さん叱る豆ごはん

藪ノ内君代

太平洋戦争後、核家族化が急速に進んだ。私の家には祖父母がいたが、別に暮らしを立てていたので、長男の私が生まれたとき、すでに核家族化していた。私は四人きょうだいの長男だが、四国から関西に出て居ついてしまった。これという家業とか家の財産がなかったので、そういうこと、つまりいち早く家を離れることが可能だった。そして私自身も関西で核家族を作った。二人の娘たちも同様である。

核家族は親と子だけの暮らしだが、もちろん、世の中には違った形態の家族もある。家業のある家などでは祖父やきょうだいが一緒に暮らしている家族もあるが、そういう暮らしは私には分からない。

子どもを育てている間、核家族では母の存在がとても大きいのではないだろうか。母が家族を統率していると言ってもいいだろう。平成に入って出産や子育てを夫婦が共同でするようになり、子育てをする父親をイクメンと言ったりするようになったが、昭和の時代、父は外で稼ぎ、母は内で子育てにあたるというのが大勢だった。イクメンなどの登場でそういう構図が変化しているのだが、核家族という形態もゆるやかに変化してゆくだろう。

それはともかく、私がイメージできるというか、回想できる昭和の母は、せっせと料理をしている母だ。ご飯を炊いたり山帰来の葉でつつんだ饅頭を作る母、あるいは散らしずしを作る母。そのそばに私はまつわりついている。それから、洗濯したものをたたむ母、あるいは火鉢の側で繕いものをしている母。そうそう、参観日に来た母はいつもと少し違っていた。普段のもんぺ姿ではなく見慣れない着物姿だった。着物の母の顔は緊張していたが、私もまた緊張して、ちらりちらりと母を見た。

紅梅の咲くごと散るごと母縮む
母縮む日向くさくて飴なめて

春風に母死ぬ龍角散が散り
母死んでさらさら春雪ライトバン
つわぶきは故郷の花母の花

私の母は昭和五十七年に六十六歳で他界した。手遅れの胃癌だったが、その母を見舞うたびに〈縮む母〉を実感した。右に挙げたのはそのころの私の俳句である。石蕗は故郷の町の花だが、母は石蕗という名のコーラスグループの最年長のメンバーだった。

さて、「母さんが父さん叱る豆ごはん」という句だが、作者は昭和二十八年生まれ、だからこの句の「母」は昭和の母に違いない。豆ごはん（それは母が作った）を食べながら、何かのことで父が母に叱られている。豆ごはんを早く食べるので、「お父さん、そんなに急いで食べなくてもいいでしょ。せっかく時間をかけて炊いた豆ごはんよ、ゆっくり味わって食べてよ」と叱られているのかも。一見して他愛ないことで父を叱る、それが昭和の母の一面であろう。つまり、核家族という家族形態において、互いに相棒というか、同等に向き合うようになったのだ、夫婦は。そのとき、家事などにおいて圧倒的に母のほうが強かった。父という相手をしごきながら昭和の母はたくましく生きた。そんな気がする。

江川投手は征露丸です咲くさくら

坪内稔典

「征露丸」は普通には正露丸と書く。クレオソートを主成分としたごく一般的な整腸剤である。日露戦争の当時、脚気の予防薬として陸軍の兵士が携帯したらしいが、その後、征露という名前は国際的な信義に問題があるということで、正露丸という名称が定着した。ラッパのマークの大幸薬品の正露丸が有名だが、正露丸は今では普通名詞なのでいろんな製薬会社から正露丸が発売されている。

この正露丸、私の常備薬だった。整腸剤としても使ったが、虫歯の痛みを抑えるために歯に詰めた。結果としては歯がぼろぼろになってしまったが、ともかく正露丸があればなんとなく安心した。

「ウサギ小屋、口裂け女、ワンパターン、夕暮れ族、激◯、エガワる、地方の時代、天中殺、インベーダー、オジン・オバン、ダサイ、M資金、電話っ子、ギャル、塾年」。以上は「昭和・平成家庭史年表」に出ている昭和五十四年（一九七九）の流行語である。激○は激辛とか激甘のように現在も使われており、地方の時代、オジン・オバン、ダサイ、ギャル、塾年なども今なお生きている。この年の流行語は普通名詞化したものが多いと言ってよいだろう。

ところで、「エガワる」である。周囲に関係なく（空気を読まず）強引に自分を押しとおす、という意味で使われた。つまり、ゴリ押しだ。前年の十一月、新人選手を選択するドラフト会議の前日に、読売巨人軍は江川卓投手と入団契約をした。法規の裏をくぐった契約だった。ところが、実際のドラフトでは阪神タイガースが江川との交渉権を得た。江川は昭和五十四年一月三十一日にタイガースと入団契約を交わしたが、その日のうちに、巨人軍の小林繁投手とのトレードが発表された。このいきさつから「エガワる」という流行語が生まれた。当時、子どもたちの好きなものとして「巨人、大鵬、卵焼き」が言われたが、これをもじって「江川、ピーマン、北の湖」という言い方、すなわち嫌いなものを並べた表現も生まれた。

私は野球少年だったが、プロ野球には夢中にならなかった。というより、熱烈なファンがいるものにはたいて距離を置く。食べ物屋などでも行列が出来ていれば敬遠する。列には並ばない。それでも、カバとか餡パンとかには肩入れしてきたから首尾一貫しているわけではない。でも、たとえばカバファンは巨人や阪神ファンほどには多くない。

「エガワる」という言葉などに刺激を受けて、私は「江川投手は征露丸です咲くさくら」と作った。桜が咲くのだから、この句は江川投手に肩入れしている。私は江川のひそかなファンになったのである。江川投手は私が歯に詰める正露丸のような存在だと思った。普通名詞の正露丸よりは強烈なので、あえて征露丸という表記をした。ちなみに、この句は昭和五十九年に出した句集「落花落日」に収めている。次の句などと共に。

花冷えのイカリソースに恋慕せよ
陰毛も春もヤマキの花かつお
春昼の紀文のちくわ穴ひとつ
春の坂丸大ハムが泣いている
ボンカレー匂う三月逆上り
春の暮御用〳〵とサロンパス

当時、ねんてんのコマーシャル俳句などと呼ばれた作品だが、これらの商品名に並んで「エガワる」という言葉もあった。

三月の甘納豆のうふふふふ

坪内稔典

ヨーグルトに甘納豆を入れて食べている。この数日、その甘納豆入りヨーグルトが続いている。先日、長野県飯田市に講演に行った際、お土産に土地の甘納豆をもらった。栗や小豆の甘納豆だが、栗は近所に住む孫たちが持ち帰った。残った小豆の甘納豆を一人で食べているのだ。

今は栗やえんどう豆、かぼちゃなど、いろんな甘納豆があるが、本格的甘納豆はやはり小豆。小豆の甘納豆こそが甘納豆の正系だ、などと私は思っている。

もしかしたら、甘納豆のおかげで俳人になれたのかも知れない。俳人・ねんてんは甘納豆から生まれた、という思いが私にはある。

あれは昭和五十七年の冬のこと。三十八歳の私は締め切りに追われて苦闘していた。俳句五句を作ろうとしていたがなかなかうまくいかない。そのとき、ふと甘納豆が目に入った。たまたま机上の皿に甘納豆があったのだ、というより、甘党の私は甘納豆を食べながら苦吟していた。私はその甘納豆を中年の自分にあてはめた。そして次の句を作った。

二月には甘納豆と坂下る
三月の甘納豆のうふふふふ
四月には死んだまねする甘納豆
五月来て困ってしまう甘納豆
甘納豆六月ごろにはごろついて

この五句を十二月発行の俳句の雑誌に発表したら、なぜか三月の句が話題になった。今までになかったおもしろい句だとほめる人があり、そうかと思うと、こんなもののどこに詩があるのかと非難する人もいた。ところが、その年の中元に何人かから甘納豆が届いた。歳暮にはさらに数がふえ、神戸の甘納豆のメーカーからはその会社の甘納豆一式が届いた。添え状には、今後も甘納豆の名作を作ってください、ねんてん先生はわが業界の星であります、というようなことが書かれていた。

もちろん、私は気をよくした。翌年にはさらに作り足し、「甘納豆」十二ケ月が完成した。

一月の甘納豆はやせてます
腰を病む甘納豆も七月も
八月の嘘と親しむ甘納豆
ほろほろと生きる九月の甘納豆
十月の男女はみんな甘納豆
河馬を呼ぶ十一月の甘納豆
十二月どうするどうする甘納豆

だが、二匹目の泥鰌はおらず、話題になるのはあいかわらず三月の句であった。笑っているのは甘納豆という人、いや、甘納豆を食べている人だという意見があった。そうと思うと、この笑いがかわいいという人と、なにかいやらしいという人がおり、読者の数だけこの句の読み方があるという感じであった。私に向かって、作者の思いや意図を尋ねる者も現れたが、私は、「作者に聞かないでください。読者がどのように読むか、それが大事なのです」と応じた。実はこのように対応をするようになったとき、俳人・ねんてんが生まれたのだ、と今にして思う。

つまり、作者の思いや意図よりも、五七五の言葉そのものを読む、そのほうが大事なのだ。それが俳句という文芸の醍醐味なのだ。実際、句会では作者名を伏せて選句や批評をする。作者は二の次、大事なのは五七五の表現（言葉）そのものである。

さて、私は毎朝、牛乳、ヨーグルト、チーズ、あんパン、くだものを食べる。家に甘納豆があるときは、ヨーグルトにそれを入れ、甘納豆入りヨーグルトが定番になる。これ、酸と糖のハーモニーが口中に広がる。

ひた急ぐ犬に会ひけり木の芽道

中村草田男

「最近の犬、小さくなったな」と私。

「室内で飼うことが流行っているんだ」とAさん。

二人で道端に座って散歩する犬を見ている。たいていの犬が小型犬だ。大きな男が小さな犬のあとをちょこちょこ走っている。そのあとを奥さんらしい女性が追う。

「あんな犬、蹴り飛ばしたくなるなあ。人も犬もちょこちょこしていて、なんだかみみっちいよ」。私がそう言ったら、

「おいおい、蹴るなよ。蹴ったりしたら、それこそ裁判沙汰だ。ちょこちょこしているように見えるのは、愛情の現れだよ、きっと」とAが応じた。そして、次のように言った。

「確かにしばらく前までは散歩している犬がもう少し大きかったなあ。時代の好みが変

わったのかも知れない」

私が最初に犬を飼ったのは昭和五十年代の初めであった。娘たちのリクエストにこたえて飼うことになったのだが、その最初のわが家の犬は真っ白い紀州犬であった。子犬を冬に買ったので「ふゆ」と名付けた。気位の高い犬で、たとえば腹には触らせなかった。カミさんだけに触らせたのは、この家の中心はカミさんと見抜いていたからだろう。十年くらいいたが、亡くなるときも立ったまま、なかなか横になろうとしなかった。立っているのがつらそうなので、横にさせようとすると激しく怒った。それでも、ついに立っておれなくなり、自分で横たわってすぐに亡くなった。自力で死のうとしている感じに感動した。

次に飼ったのは、近所でもらった雑種の「むぎ」。柴犬と洋犬がまじった感じの茶色の犬だった。気のいい犬で誰にでもなつき、すぐ仰向けに寝て腹をさするよう要求した。「ふゆ」と比べると格段にだらしない犬だった。

やがて、近所のオスたちがやってくるようになった。庭の柵を頑丈にしてオスたちを防いだ。昭和六十年代はこのややだらしない「むぎ」との日々であった。

だらしないこの犬は穴を好んだ。庭に穴を掘ってその穴の中に座る。穴は夏は涼しく、冬は暖かいのだろう。その気持ちは分かるが、カミさんの世話している花や植木が根扱ぎになることがしばしばだった。それで、穴を掘るたびにこっぴどく叱られる。「どうして何度も掘るのよ。だめだと言ったでしょ。何度言っても分からないのね、あなたは」

すごすごと庭のすみにうずくまって、そのときは、もう二度と掘りません、という顔をしている。でも、その日のうちに次の穴を掘っている。私は穴を見つけると埋めてやる。胸の中で、お前の気持ち、ちょっとわかるよ、とつぶやきながら。「むぎ」は七、八年後、フィラリアで死んだ。

平成になってから三頭目の犬を飼った。こんどはシベリアンハスキーの「そら」。目が青かったのでこの名がついた。三十キロ近くあったこの犬はよく走った。しかも早朝に散歩を要求した。私はこの犬に引っ張られて、夜型から朝型に暮しのリズムを変えた。ともかく、よく走り回る犬であり、不意に曲がったりする。ある時、急に曲がったために私は石垣で胸を強打し肋骨にひびが入った。またある日には、不意にため池に飛び込み、私も引きずられて池にはまってしまった。「そら」との日々はある意味で格闘であった。この犬は八年くらいで亡くなった。

「新しい犬、飼わないのかい?」

「うん、もう飼わない。体力がいるよ、犬と付き合うには。あのハスキーでおしまいだよ。そういえば、草田男の犬の句、あれは大型犬だろうな」と私。

草田男の句は昭和十一年に出た句集「長子」にある。昭和の犬は、戦前でも戦後でも戸外で飼う大きな犬が主流だった。

湯ざらしの鱶《ふか》食べる音死者の家

坪内稔典

あれは母の葬儀のときだから、昭和五十七年三月のことである。親戚の一人がバケツにいっぱいの海鼠を提げてきた。漁師にもらってきたということだったが、「これ、原発の海鼠だよ。こんなに太っていて、うまそうじゃないか」と言った。覗きこんだおばさんが、「ほんと、丸々として長いこと！　原発の排水を吸って太ったのだろうなあ」と感嘆した。「この原発海鼠、うようよいるらしいよ」。バケツを提げてきたおじさんが応じた。そして、

「誰も採らんけん（採らないから）、繁殖しているのよ」と付け足した。

それからしばらく、海鼠のほかに海胆や魚も繁殖していることなどが話題になり、そのうち誰かが、「誰も採らないものをお前はどうしてもらってきたのか」と問うた。「これが食べていけないわけではない。他所の漁師が来てしばしば採っているし、今日は葬式で珍しい客もいるだろう。海鼠好きもいるだろうというので○○さんが採ってくれたのよ」とおじさんは近所の漁師の名を挙げた。「そういえばトシクンやヨックンは大阪で海鼠を食べ慣れておるやろ。どうや、トシクン、食べるか」とおばさんが笑った。トシクンは私、ヨックンは弟である。「海鼠、あまり食べんよ。子どものときから食べてないので、海鼠がうまいとは思わん」と私は答え、その場からこそこそ逃げた。実際、私は海鼠を食べてはいないのだ。食べようと思えば食べることができるが、とりたてて好き、というわけではない。

さて、話題の原発海鼠だが、結局、葬儀中の食卓には現れなかった。誰も料理をしなかったのだろう。以上の話、平成二十三年の福島原発事故の風評被害にかかわるような微妙な話であり、ここで持ち出すべきではないかも知れない。でも、風評被害のようなことが生じる心理、つまり原発に対する漠然とした不安が人々の心に存在し、それが原発海鼠という表現になったことは確か。その不安は、隠すのではなく積極的に表に出してはっきりさせるべきだろう。私の育った村は四国の伊方原子力発電所と隣合わせというか、半島の山一つをこえると原発がある。

ところで、母の死にかかわって私は「縮む母」十八句を作っている。

紅梅の咲くごと散るごと母縮む
母縮む日向くさくて飴なめて

こんな病む母の姿から始まる。手遅れの胃癌で亡くなった母の病室の外には実際に紅梅があった。以下は葬儀のようすである。

春風に母死ぬ龍角散が散り
マンボウの浮く沖見えて母死んだ
鱶湯がく男が決まる死者の家
湯ざらしの鱶食べる音死者の家

煮こぼれる死者の家でも隣でも
鼻風邪も下痢も従い春の葬
喪の家も不倫の家も和布《わかめ》干す
喪の家の大鍋で煮る馬糞海胆《うに》
喪の家を出るいくつもの春の道

冠婚葬祭では湯びきした鱶（鮫）をからし味噌で食べるのが村の風習だった。母の葬儀は近所の人々や親戚の者たちの手で行われ、いわゆる葬儀会社はまだ関わらなかった。

リビングの真ん中通る海鼠かな

陽山道子

　私が生まれ育った愛媛県伊方町には四国電力の原子力発電所がある。原発が営業運転を始めたのは昭和五十二年であったが、原発の設置をめぐっては村を二分する争いがあった。でも、一号機に続いて、昭和五十七年には二号機が、平成六年には三号機が運転を開始、私の村は原発の村になった。

　伊方原発が位置するのは佐田岬半島の瀬戸内海側だが、そこは子どものころ、磯遊びに行く海岸だった。小学校の遠足もしばしばそこだった。私の住む集落は太平洋側にあり、半島の背を越えてその海岸へ行く。当時は数軒の住居があり、原発設置が決まってから、そこの住民は私たちの近所へ移ってきた。母の葬儀の際に海鼠をくれた漁師もその一人だった。

原発はできればないほうがよい、というのが私の思いである。でも、特に原発反対を表明して反対運動をした経験はない。村の家を継いだ弟をはじめとして、親戚の何人かは原発に関わる仕事をしていた。私の育った村の多くの人々は、原発に関わって暮らしている。その土地を離れた私が、原発反対の大きな声をあげるのはなんとなくつらい。

私が半島の村にいたころ、すなわち原発以前だが、その当時は半島はその頂まで耕され、麦と甘藷が作られていた。まさに天をつく段々畑であった。その段々畑は、私が離村したころから蜜柑畑にかわり、たちまち全山蜜柑畑という風景になった。ところが、原発ができると、蜜柑畑は放置され、段々畑が荒れてきた。蜜柑が安くなったという事情もあったのだが、人々の暮らしが原発依存を強め、その結果、畑が放置されたのだろう。昭和五十年代から六十年代にかけて、私は帰省するたびに、「村が荒れたなあ」と思った。

今は原発の並ぶ海岸へは、ことに父とよく行った。父は釣りや磯遊びが好きだったので、その父について行き、サザエやアワビ、ニナ、ウニなどを採った。ヒジキやワカメも刈った。もっとも、そのころはそれらの食べ方をあまり知らなかった。サザエもアワビもウニもみないっしょに湯がいて食べた。アワビなどは堅くてまったく旨くなかった。馬糞海胆は二つに割り、指で実を掻き出して食べたがこれは美味だった。特に好きだったのはセと呼んでいたカメノテ。口中に甘い汁が広がった。そうそう、カキをミソと煮たカキミソも好きだった。父は岩に付着しているカキを採り、それをミソと炊いて自前のカキミソを作ったのだが、それがあればいくらでもご飯がすすんだ。

父と子と西宇和郡のなまこ噛む

私の句である。実は、私たちは海鼠だけは採らなかった。というより、海鼠を食べる習慣がなかったのだ。父と磯遊びをしているとき、沖に船を止めて海鼠を採っている漁師がいた。海鼠は町に売ると高い、という話を父に聞いたが、それを食べる人々のいることが私には不思議だった。私の海鼠の句は、だからフィクションである。もし父といっしょに海鼠を食べたらどうなるのだろう、という思いがこの句になった。父と子がむっつり、でも、しっとりと向き合っている感じだ。ちなみに、西宇和郡は私の村のあった郡の名前だが、今はこの郡は小さくなり、佐田岬半島の町、すなわち伊方町だけが西宇和郡である。

さて、リビングを通る海鼠の句だが、作者の陽山道子はわが家のカミさん。立派な海鼠がリビングを通って台所へ運ばれている。海鼠好きな家族がかたずをのんでその海鼠を見ている光景だろう。海鼠を肴に宴会が始まりそうな気もする。でも、私は海鼠を食べたいほうではない。カミさんも食べないだろう。海鼠を買ってきたことなどは一度もないのである。では、この句は？　もしかしたらカミさんは大の海鼠好き？

青嵐神社があったので拝む

池田澄子

昭和時代を回想していて、ふと気付いたことがある。私は何かに夢中にならないのだ。動物のカバ、果物の柿、毎朝食べるあんパンは私の好きなベスト3である。カバについては日本全国のカバを訪ねて「カバに会う」という本まで書いた。でも、カバに夢中になり、カバでなければ夜も明けないというマニアではない。むしろ、それらに少し距離をおいている。カバが好きなのは、いくらこちらがカバに思い入れをしても、当のカバは我関せずという無愛想ぶりであるからだ。ある距離を保ちながら、私はカバ、柿、あんパンを愛している。

これはスポーツや本、音楽などについても同様である。もしかしたら、人についても同じかもしれない。

たとえば、野球。関西に住んでいることもあって一応阪神タイガースのファンである。昭和六十年、阪神タイガースは二十一年ぶりのリーグ優勝を果たし、西武ライオンズを倒して日本一にもなった。バース、掛布、岡田が甲子園のバックスクリーンに連続してホームランをうちこんだときなどは興奮した。でも、興奮の人波には入りたくない。波にのまれたくない。

阪神タイガースファンは風船を飛ばして熱烈な応戦をする。肩を組んで六甲おろしを合唱する。そういうことが嫌いだ。

ついでに言えば、客が並んで待つ店には入らない。並んでまでラーメンや菓子を食べたくない。ベストセラーの本なども、売れている最中には買わない。もちろんだが、いわゆるブランド物は敬遠する。

このように書くと、へそ曲がりなんじゃないの、という人が現れそうだ。あるいは、素直じゃないね、と言われそう。それはそれで仕方がない気がするが、でも、偏屈なへそ曲がりではない、と自分では思っている。人波にのまれるのが嫌いなだけだ。

人波を嫌うので、たとえば花時の吉野山に行ったことがない。私の住んでいる大阪府箕面市は滝と紅葉で有名だが、紅葉の候の滝道はごったがえすので行ったことがない。有名な神社の初詣も敬遠している。それでもやっぱり花の吉野は見ておきたく、先年、花がかなり散ったころに行った。名残りの花もいいはずだ、と思って。同じように思った人(?)がいっぱいいて、吉野山はすごい人波だったが。

あるとき、以上のような話を酒の席でした。「交わりて同ぜず、ですね。あるいは不羈独立のねんてんですか」と言われたが、そんな恰好のよいものではない。人波に揺られるよりも、人波からそれたところにいるほうが快いのだ。

先の酒席では、私が人波をそれたほうが快いと言ったら、「じゃ、ねんてんはカステラの端とか、賞味期限の切れた饅頭が好きだろう?」と言った人がある。彼はそれらが好きなのだろうが、私はカステラの端は好きだが、賞味期限切れの饅頭を特に好むわけではない。その程度に偏屈ではないのである。

さて、以上のような私の性向というか気分に合う句を挙げるとしたら、「青嵐神社があったので拝む」であろう。神仏に対する信仰もさほどあるわけではない。でも、むきになって信仰を否定するという考えもない。初夏の嵐で揺れる神社の森があったら、「あっ、いいなあ」と思って軽く頭を下げたりする。こういう変な男も許容する、それが昭和の幅の広さだった、と私は勝手に理解している。

夏蜜柑いづこも遠く思はるる

永田耕衣

甘夏ミカンを食べながら大学生たちと話した。

「このミカン、今は改良がすすんで甘いけど、僕の若いころは酸っぱくてね。夏カン、あるいはダイダイと呼んでいたよ。甘夏みかんは甘夏、甘夏ダイダイなどとも呼ぶのかな」

「若いころって、昭和ですよね。僕らはみな平成生まれだから、甘夏以前は知りません。僕はグレープフルーツのほうが甘夏より好きです」

「私もグレープフルーツ。食べ易いものね。あっ、グレープフルーツサワーも大好きよ」

そういえば、コンパのときなど、女子学生がいっせいに注文するのがグレープフルーツサワーだ。半分に切ったグレープフルーツが出てきて、それを自分で焼酎と炭酸を割ったグラスにしぼる。自分でしぼるフルーツの生の感じ、それが受けている気がする。

「僕はグレープフルーツよりは甘夏だよ。愛媛県というミカン生産県に生まれたし、グレープフルーツなどの輸入が自由化されてミカン農家は打撃を受けた。そういうことを見て来たので、外来種のグレープフルーツより甘夏に味方したい」

「それって、先生のナショナリズムですか。じゃ、ドーナツより丹波屋の団子でしょ」

学生たちがどっと笑った。丹波屋は団子やボタモチを売っている餅菓子の店だ。

「いや、両方好きだよ。でも、買うドーナツはオールドファッションと決まっているけどね」

そのとき、ケータイをのぞき込んでいた学生が顔をあげて言った。

「先生、甘夏ですけどね、正確にはカワノナツダイダイというもので、夏ミカンの枝になった甘い実が育成されたのですって。昭和十年のことです。そして、昭和三十年ごろから増産が進められ、夏ミカンにとってかわったようです。先生の若いころですね。あっ、先ほど言われた貿易の自由化ですが、昭和四六年にグレープフルーツの輸入が自由化されています。それからは、甘夏の生産が確かに減っているようです。愛媛県は甘夏生産が全国で二位のようですよ、一位は熊本県です。平成二十年のデーターですが」

彼はケータイでインターネットの情報を調べたのだ。最近は電子辞書やインターネットで即座にどこででも調べることができ、とても便利になった。でもその一方で、調べたりすることに手仕事の感じが減っている。その感じが減ったから便利になったのだが。

「夏ミカンのころ、筍の皮で実を包んで、ちゅっちゅっと吸ったものだよ。それで酸っぱさが減った。塩や重曹をかけても食べたなあ。酸っぱさに対していろんな工夫をしたんだ。そんな工夫も夏ミカンの楽しみだった。甘夏になるとその工夫がいらなくなって……」

「その工夫がいらなくなって面白くないと言いたいのですか。ぼく、それはどうかと思いますよ。たとえば、グレープフルーツはサワーにすることで若者の人気を得た。そういう工夫が甘夏にも要求されるのではないですか」

うん、そうかもしれない。私は二つめの甘夏に親指を立てた。皮をむくことは学生たちよりもうんとうまいのだ。夏カンをよくむいたかつての経験が生きているのだろう。

バカボンのパパの腹巻き花曇り

本村弘一

「長嶋と王。どっちが好きですか。」と問われた。どっちもほどほどに好きだが、どちらかを選ぶとすると王である。少し影のある感じが好きなのだ。そういえば長谷川龍生に「王貞治が6番を打つ日」（詩集「詩的生活」）という詩がある。この詩の次のような始まりが大好きだ。

王貞治が6番を打つ日
ぼくは　つぎはぎだらけの小さな球団で
朝はやい数時間だけの登録をすませ
その日は8番を打っているだろう

本塁打数の世界記録を樹立した王が6番を打つ日なんて考えられないが、そんな日はないよりも、あってほしい気がする。王が6番打者としてバッターボックスに立ったら、急に世界が広くなるのではないか。つまり、4番打者から6番打者までの幅が肯定されるのだ。だから、王が6番を打つ日、私は地方の小学校で三年生の担任をしよう。あっ、音痴なのでちょっとまずいかなあ。小学校教師は音楽を教える能力がいる。龍生は「つぎはぎだらけの小さな球団」で8番を打つというが、これはあまり儲からない会社で目立つことなく働いている、という意味だろう。次も龍生の「王貞治が6番を打つ日」の一節だ。

王貞治が6番を打つ日
ぼくは　どこかローカル線の列車の片隅で
かわいい女と駅弁をつつきあい
スポーツ新聞の打率表をながめているだろう

詩人の龍生はこのように想像するが、私は王貞治が6番を打つ日、さて、何ができるのだろう。かわいい女と駅弁をつつきあう能力は残念ながら私にはない。私としてはどこかの町の小さな公園で清掃人になれたらいいな、と思う。6番を打つ王が私のそのような働く姿をイメージさせる。ちなみに、6番を打つ王とは、6番になっても現役ということ。

王貞治はプレイヤーをやめた後、巨人軍の監督になった。でもうまくいかず、6番の監督という感じであった。ところが、福岡ダイエーの監督になって、監督として4番に見事に返り咲いた感じだった。リーグ優勝し、日本シリーズも制して監督として成功したのだ。でも、成功した王貞治よりも、6番を打つ王を考えるほうが楽しい。6番を打つ王は、たとえばバカボンのパパのような腹巻きをしていて、その腹巻きのまま6番の打席に立つのだ。

そういえば、長嶋や王と対決した阪神タイガースの江夏豊と会ったことがある。いっしょに子どもの俳句の選をしたのだが、場違いなところへ立たされたというような窮屈で恥ずかしそうな彼の感じがよかった。もごもごと選んだ句の楽しさを語ったが、あの朴訥というか、はっきり言えば拙劣なあの語り口はよかったなあ。江夏豊がどこかの町の公民館の施設係になって、ボイラーの修繕をしたり廊下の床のタイルを張り替えている。そういう姿を想像して、その日、私は江夏が好きになった。

ところで、冒頭の「長嶋と王。どっちが好きですか」と問うた人だが、どちらかというと王かなあ、という私の反応に対して、「二人がいたからよかった気がしますね。ON。OとNがいて、われらの時代の象徴だった。一人じゃなくて二人。いや一人に対して何人でもいいのかな。ともかく絶対的な一人でなく、一人をいつも相対化するというか……」と哲学的なことを言い出した。実はそのとき、煮た里芋を肴に飲んでいた。里芋を箸でつかむのがむつかしく、私は「一本足打法でいこう」と芋に箸をつきさした。そのとき、彼が「長嶋と王。どっちが好きですか」と問うたのである。

春一番紅白饅頭届きけり

内田美紗

昭和という時代は、前半は戦争の時代であった。後半は敗戦から始まった。私は昭和十九年の生まれだから、生まれは戦中だが、育ったのは戦後。その戦後育ちの私の自慢というか、大きな幸福は、実際の戦争を知らないことだ。

もちろん、朝鮮戦争、ベトナム戦争、湾岸戦争などがあり、それらに日本も関わりはある。たとえば朝鮮戦争が日本の敗戦後の復興を促したように。だが、自分自身が直接に戦争に関わったわけではない。父や祖父は戦争に行き、戦争と関わって生きたが、私は戦争に行かなかったのだ。徴兵制度もないので、戦争の訓練をすることもなかった。

戦争は人間のもっとも愚かな、いや愚劣な行為、と断じてよい。正義の戦争という言い分があるが、戦争をしてしまうことはやはり愚劣。戦争をしないことを生きることの芯というか、基本にすべきだ。政治家などには、自分の国は自分で守るべきだ、と説き、防衛力を重んじる人があるが、でもその議論は愚劣な議論だ。愚劣だと承知してすべき議論であって、誇らしくする議論ではない。戦争はするよりも、しないほうが圧倒的にいいのだから。

私の生きた時代、すなわち昭和後期は、日本がともかく戦争から遠ざかろうとした時代であった。その時代の志向に私は共鳴してきた。それでふと思い出したが、私が教師になったころまで、たとえば卒業式や入学式では紅白の饅頭が配られた。結婚式などでも大きな紅白饅頭がつきものだった。それがいつの間にか姿を消した。高度経済成長期を経て、食べ物が豊富になり、特別においしいわけでもない紅白饅頭は好まれなくなったのだろう。

ついでだが、若い人の一様な学生服も姿を消した。学校の制服が個性的になり、日本全国一様ではなくなった。黒い学生服や紋つき羽織には紅白饅頭が似合ったが、スーツやドレスにはやや不似合いなのかも。

友人の内田美紗に「春一番紅白饅頭届きけり」がある。春一番は立春後に吹く強い南風だが、この言葉が一般に知られたのはまさに高度経済成長期のころであった。暮らしが日々によくなってゆくという実感がこの春一番という風になじんだのであろう。私見では、春一番が流行するきっかけは昭和三十四年刊の「俳句歳時記（春の部）」（平凡社）である。この歳時記で民俗学者の宮本常一が壱岐の言葉である春一番を紹介した。もちろん、そのときは例句（この言葉を用いた句）はなかった。だが、この歳時記が出た後、春一番の句がたくさん作られ、そしてキャンディーズの歌う「春一番」も流行した。私の近所のパチンコ屋では、春先に「春一番、出血大サービス！」が例年の慣行になっている。話がそれたが、昭和が終わりに近づいたころにはいつのまにか紅白饅頭が姿を消していた。もちろん、今でも残ってはおり、私の近所の和菓子屋の店先には「紅白饅頭の注文承ります」という貼り紙がしてある。紅白饅頭を大事に思う人は存在するのだし、それはそれでよい。

紅白といえば、日の丸（国旗）を連想するが、皆がいっせいに日の丸を振る光景が昭和の前半にあった。たとえば出征の若者を送るとき、あるいは天皇の行幸を迎えるときなど、皆がいっせいに日の丸を振った。ところが、今日のサッカーの試合などの日の丸は、いっせいに振られるというよりも、応援する人たちの一種の衣装、あるいは意匠になっている。だから、顔に日の丸を描いたり、大きな日の丸を被って波うたせて楽しんでいる。肩肘を張らないで日本という国を楽しんでいる感じだ。いいな、あの光景は。

Part 2 五七五の面影

1 あんぽんたんと闘志

事あるごとに愛唱している俳句がある。高浜虚子の「春風や闘志いだきて丘に立つ」。入学、卒業、入社、転勤、移転、結婚など、人生の大転機にはこの句を口ずさむ人が多いのではないだろうか。私もクラブ活動の試合の前日とか、あるいは就職した際などにこの句を口ずさんだ。

虚子がこの句を作ったのは大正二年。当時の虚子は、数年前から小説家として活躍しており、俳句からは遠ざかっていた。ところが、主宰する雑誌「ホトトギス」が売れ行き不振に陥り、しかも健康も害した。ちょうど数えの四十歳になったことでもあり、気分の転換などを意図して虚子は俳句に再びとりかかる決意をした。その決意を表明したのがこの句だ。

当時、河東碧梧桐などが俳句の定型や季語を否定的に見なしていた。虚子はそういう人々に対決し、俳句の伝統を守ろうとする。その伝統を保守する気概、それが虚子の闘志であった。

もっとも、虚子の俳句を史実に沿って読む必要はない。むしろ、作者の事情などから離れ、読者の気持ちや事情に沿って読むほうがよい。そうすることで、闘志という言葉の意味が多様になり、俳句の世界も広がる。実際、かつての私などはそんなふうに読んできた。

ところで、虚子の俳句では、春風という季語が、闘志という意外な言葉と取り合わせられている。「日本国語大辞典」（小学館）で闘志をひくと、用例の最初にこの虚子の句が挙げられている。闘志という言葉は中国の古典、たとえば「春秋左氏伝」にある古い言葉だが、それを俳句に用いたのは、おそらく虚子が最初。保守の立場をとりながらも、虚子の実際の俳句作りはとても斬新だった。

考えてみれば、日本の近代は闘志の時代であった。富国強兵、殖産興業を合言葉にした明治の国家経営に始まり、近年の経済大国の形成に至るまで、人々は闘志を抱いて前進した。スポーツや学習活動などでも闘志が幅をきかせてきた。虚子の俳句はそんな近代の典型的な風景だ。

「春の風ルンルンけんけんあんぽんたん」。これは虚子の句を意識して作った私の俳句。

精神のきりっとした虚子の句がA面としたら、これはさしずめB面だが、これからは精神をしなやかに解き放つB面が大事、というのが私の認識。では、私のB面俳句をもう一つどうぞ。「がんばるわなんていうなよ草の花」。

2 城山のある町

「その町に城山というのがあって、大木暗く茂った山で、あまり高くはないが、はなはだ風景に富んでいましたゆえ、私は散歩がてらいつもこの山に登りました」。このように始まるのは国木田独歩の「春の鳥」(明治三十七年)。

小説の舞台になっているのは大分県佐伯の城山。そこを遊び場にしていた六さんという少年がいた。彼は春のある日、城の石垣から落ちて死亡する。六さんと親しんでいた「私」は、六さんは空を自由に飛ぶ鳥に憧れて石垣から空へ飛んだ、と想像する。

この「春の鳥」を読むたびに佐伯の城下へ行きたいと思う。熊本、松山、姫路、福知山、金沢など城山を中心にした町が好きである。東京や大阪、名古屋なども城下町だが、巨大になりすぎている。私の好きなのは、城の周辺だけが町で、自転車で町の全域がまわれる城下町。

「春や昔十五万石の城下かな」。これは明治二十八年の正岡子規の俳句。その年の春、新聞記者として日清戦争に従軍することになった子規は、久しぶりに郷里に帰り、父の墓などにもうでた。記者としての従軍とはいえ、万が一のことも考えて、郷里に別れを告げたのである。その郷里の伊予の松山はかつて十五万石の城下であった。

子規は明治十六年に東京に遊学、以来、東京に住む。家族（母と妹）も明治二十五年に松山の家を整理して上京した。つまり、正岡家は松山を引き払い、東京に移転していた。それだけに、明治二十八年春の子規には、父祖の地の十五万石の城下がひときわ心にしみたのであろう。

私は海辺の村育ちなので城下に親しみはない。だが、城を中心にした町造りはすごいものだ、と見ている。今でも各地で城の復元が行われているが、結局、近世の城下町に匹敵する、あるいはそれをしのぐ町造りが、近代ではまだうまくできないのか。

ともあれ、城下町は地域全体を考慮して造られているが、近代の町造りや建築は、全体への視野が乏しいようだ。いきおい、近代の町造りや建築は部分的になりがち。そのために、私たちの町は、景観としてはかつての城下町よりもうんと貧しい。

「城山の浮かび上がるや青嵐《あおあらし》」。これも子規の俳句。青嵐は青葉のころの強風。青嵐の中に城山が青々とそびえている風景だ。そういえば子規が愛した与謝蕪村にも「絶頂の城たのもしき若葉かな」がある。

「今、空は悲しいまで晴れていた。そしてその下に町は甍《いらか》を並べていた」。これは梶井基次郎の「城のある町にて」(大正十四年)の一節。この城下は三重県の松阪である。

3　しんしんと揺れる

明石海峡に橋がかかった。新しい橋を利用すると、たとえば大阪から徳島まで車で約二時間。私は今、二時間をかけて通勤しているから、私の感覚では四国と京阪神は通勤可能な状態になったのだ。

こんなふうに橋は利便をもたらすが、その一方では、フェリーなどで海を旅する機会を減少させることも確か。明石大橋の場合も、多くのフェリーなどが廃業に追い込まれ、従業員の再雇用が社会問題になっている。

橋の完成直前の平成十年、フェリーで神戸から淡路島に渡った。橋が完成するとフェリーに乗ることがきっとなくなる。その前に船旅をたっぷり楽しんでおこうと考えて。波に揺れるカモメを数えたり、明石大橋の橋脚の高さに驚いたりしながらの船旅は、時間がゆっくりと流れる感じを久しぶりにもたらしてくれた。

「しんしんと肺碧《あお》きまで海の旅」。これは篠原鳳作《ほうさく》の俳句。空も海も真っ青で、肺の中までが紺碧《こんぺき》色になる感じがする、そんな海の旅をしている、という意味。

鳳作は鹿児島生まれの俳人だが、沖縄の宮古中学校に勤めていた。この句は、宮古から鹿児島までの航海の体験がもとになっているだろう。ちなみに、昭和十一年に三十歳で早世した鳳作は、季語を用いない無季俳句を主張したが、この海の旅の俳句などがその代表作。

高校時代、私は船で通学した。四国の佐田岬半島の村から、半島の付け根の学校へ通ったのだが、そのころにさきの鳳作の句を覚えた。私もまた「しんしんと」肺を碧くして青海原を船に揺られた。

ところが、その半島でも船は姿を消し、今はすっかり車の時代。時化《しけ》の日の心配などがなくなり、車はたしかに便利なのだが、意外なことに交通の範囲が船の時代よりも狭くなっている。

私は子どものころ、別府の花火を見物に出かけた。四国と別府（九州）を結んでいる船がいく便もあり、近所には九州から嫁に来た人や、九州に働きに行っている人がたくさんいた。九州の病院へ行ったり、大きな買い物は別府や大分でするというのが普通であった。つまり、船の時代には私の半島は九州に近かった。ところが、船がなくなった今、逆に九州は遠くなった感じ。そういえば、佐田岬半島の漁師は、かつてオセアニアにまで真珠採りにでかけた。海の道はずいぶん遠くにつながっていたのだ。

「甲板と水平線とのあらきシーソー」。これも鳳作の句。うねりの日の甲板と水平線は、たしかに荒っぽいシーソー状態になった。十代の私はそのシーソーも楽しみだった。

4　別れのショップ

その日、マクドナルドの前で友人と落ち合う約束だった。約束より三十分も早く着いたので、「マクドに入ってお茶でも」と思ったが、店内をのぞくと高校生くらいの若者ばかり。

「浴衣着てマクドナルドに待ち合はす」。これは若い俳人として人気の高い黛まどかの作品。せっかく浴衣を着たのなら、川端の和風な喫茶店あたりで待ち合わせてほしい気がする。学生時代の私の町合わせはもっぱら茶店《さてん》と略して読んだ喫茶店だった。

もっとも、こんなことを言えば、「ねんてん先生もすっかりオジサンね」と言われかねない。大学の私のゼミの学生などは、かげで私をツボリンと呼ぶ始末。ねんてん先生はともかくツボリンはないよ、と本人は強く抗弁したい気分である。

ともあれ、その日、以上のようなことを思い浮かべながら、マクドに入ろうか、やめようか、とためらっていた。

そういえば、俵万智の歌集「サラダ記念日」に「『元気でね』マクドナルドの片隅に最後の手紙を書きあげており」というのがあった。私も入って友人に久しぶりの手紙でも書こうか。なにしろ約束の時間までにはまだ二十分もある——などと考えた。

再び店内をのぞいたら、手紙を書いている若い女性がいた。片手にハンバーガーを握ったままボールペンで書いている。それを見たら、やはり万智にハンバーガーショップでは男を捨てる感じで席を立つという句があったことを思い出した。

後で調べてみたら、「ハンバーガーショップの席を立ち上がるように男を捨ててしまおう」という歌だった。ハンバーガーショップでは男を捨てる具合に席を立たなくてはならないらしい。男の場合だと、女を捨てる感じか。女を捨てる感じで席を立つとはどんなしぐさだろう。

そのしぐさをあれこれ想像していたら、約束の時間までにもう十分くらいになっていた。二十分もマクドの前にいたわけで、こんどはその長さが気になりだした。店内のあの手紙の娘もいかがわしそうにこっちを見ている。

私は大通りをそれて裏道に入った。少しぶらぶらしてこようと思った。しばらく歩くと純喫茶と看板の出た古い店があった。ここで時間をつぶしたらよかった、と思った。

　すると、その店から待ち合わせていた知人が出てきたではないか。彼も約束より早く来てここで時間をつぶしたらしい。私はなにげなくつぶやいた。「わざわざこんな茶店で時間をつぶさなくても、マクドでコーヒーを飲んでくれていたらよかったのに」。

5　万緑幻想

　歯科医院に通っている。びくびくしながら。あの歯を削る音がこわい。想像するだけでも骨身に響く。それだけではない。叱られたり、細かく注意されたりもしており、そのことにもびくびくしている。たとえば歯の磨き方。下の奥歯をていねいに磨いてくださいよ、糸ようじを知っていますか、糸ようじを使ってがんばって磨いてくださいね、という調子。これをまだ二十代の助手さんから、噛んで含めるように言われるのだからこたえる。「はい」と簡潔に応じてひたすらかしこまる。

「今治水《こんじすい》この十年の春嵐」。かつてこんな俳句を作った。虫歯の痛みは、ときどき、あたかも春の突風のように襲ってきた。そのたびに今治水などの痛み止めの薬でその場をしのいだ。青春は今治水とともにあった。

ところが、今、虫歯の根本的治療をしなかったつけがどっときている。もはや治療の仕方がなく、歯ぐきを鍛えて入れ歯にそなえるほかはない、と医師は言う。「はい」とやはり神妙にこたえ、びくびくしながら通院している次第。

「結ぶよりはや歯にひびく泉かな」は芭蕉の句。結ぶは水を手ですくうこと。手ですくうだけでも冷たさが歯に響くという表現によって、泉の冷たさを強調した。もっとも、単なる強調表現ではなく、芭蕉には虫歯があって常に水がしみていたのかも。

ところで、歯の俳句といえば、中村草田男の「万緑の中や吾子の歯生え初むる」が有名。バンリョクノナカヤアコノハハエソムルと読む。昭和十四年の作だが、二年後にはこの句にちなむ題名の句集「万緑」を出し、また、昭和二十一年に創刊した主宰誌の名前も「万緑」。この句は草田男のシンボル的俳句だ。

中国の王安石に「万緑叢中《そうちゅう》紅一点」という詩句がある。紅一点は、大勢の男の中に女が一人、という意味のよく知られた言葉。だが、万緑のほうはあまり知られていなかった。

万緑と紅一点の取り合わせはちょっとエロティックな雰囲気。ところが、草田男は万緑に歯を取り合わせた。その結果、真っ白な歯が万緑の意味や語感に変化を引き起こした。エロティックな雰囲気から、生き生きとした生命力を示す言葉へと変化したのだ。季語はそれと取り合わせられたもう一つの言葉によって以上のような変化をしばしば起こす。

歯の語源は葉だという説がある。万緑をなす夏の葉ではなく、秋の散る葉。葉も歯も散るその自然さを、ともあれ、私は愛するとしよう。

6 街路樹にもたれて

石田波郷に「プラタナス夜もみどりなる夏は来ぬ」という俳句がある。街路樹のプラタナスの大きな葉。その大きな葉の緑が夜の闇《やみ》をも緑色に染めたような風景。生命力が悩ましいほどに満ちている。

波郷がこの句を作ったのは昭和七年。十九歳の波郷は四国の松山から上京したばかりであった。東京のプラタナスの風景は、あこがれていた都会の風景そのものだったか。

プラタナスは明治時代に西欧から輸入されて街路や公園に植えられた。文明開化の雰囲気を持つ木だ。このプラタナス、鈴懸《すずかけ》と呼ばれることも多い。「鈴懸の花咲く下に珈琲店《カッフェ》かな」。芥川龍之介の俳句だが、この句もやはり西欧的な風景。

石川啄木の歌集「一握の砂」にもプラタナスが登場する。「思ひ出のかのキスかとも／おどろきぬ／プラタスの葉の散りて触れしを」。啄木がプラタナスからキスを連想したのは、この木の西欧的雰囲気のせいだろう。また、啄木はプラタナスをプラタスと誤っているが、そんな誤用にはこの木の目新しさがうかがえる。

ところで、私が街路樹から連想するのは、斎藤茂吉の随筆「接吻《せっぷん》」。この随筆の舞台はオーストリアのウィーン。ときは一九二二(大正十一)年の夏の夕暮れ。茂吉は香柏《こうはく》の街路樹に身を寄せて男女の接吻を眺める。香柏はヒノキの類。

「その接吻は、実にいつまでも続いた。一時間あまりも経ったころ、僕はふと木かげから身を離して、急ぎ足でそこを去った。ながいなあ。実にながいなあ。こう僕は独語した」

茂吉はこの後、居酒屋で大ジョッキのビールを飲みながら、実にながいなあ、と繰り返す。そしてその夜、床に入ってから、「今日はいいものを見た」と思う。

普通、他人の接吻を一時間あまりも眺めるなんてことはできない。飽きるだろうし、変な人と思われかねない。ところが、茂吉はそんなことをいっさい気にしていない。接吻に対して度外れに素朴で純真だ。それがよい。

私の近所には欅《けやき》、アメリカフウ、ユリノキなどの見事な街路樹がある。茂吉が感嘆したキスの舞台は整っている。だが、そこにすてきなキスはない。それが残念。

最近、駅や電車の中などで、キスする若い人をよく見かけるようになった。でも、きれいではない。たいていはベタベタした感じが過剰でちょっと不潔。日本人の課題の一つとして、きれいですてきなキスを街路樹にもたれてすること、を挙げたい。

7　機関車、奔る

「あの人、機関車みたいな人だったんだよ」と言ったら、若いK君が「今でもあの人の口ひげはアンティークですよ」と応じた。

私は、あの人は機関車みたいに人々を率いたリーダーだった、と言ったのである。機関車はかつて社会や組織の力強いリーダーの象徴だった。

二十代のK君は、機関車を骨董《こっとう》的なものの代表とみなしており、話題の人の口ひげに骨董趣味を見てとった。今日、ローカル線に蒸気機関車を走らせることが一種のブームになっているが、そんな機関車はたしかにアンティーク。K君のような見方も可能だ。

「夏草に汽缶車の車輪来て止まる」。この山口誓子の俳句は昭和八年に作られた。汽缶はボイラー。汽缶車は蒸気機関車だ。夏草の茂ったあたりでシューッと勢いよく蒸気を吐き、ゆっくりと停止する黒い機関車のようすが、あたかもたくましい巨人の感じ。

誓子はさきの句と同時に「汽缶車の煙鋭き夏は来ぬ」「汽缶車の真《ま》がねや天も地も旱《ひでり》」などを作っている。真がねは鉄の美称。噴き出す煙や機関車の鉄のかたまりに、誓子は夏の旺盛《おうせい》な生命力を感じている。

誓子と同時代の詩人、小野十三郎は、機関車を「俺たちの仲間」と呼んだ（詩「機関車に」）。機関車は夜の間に水や石炭を積み込み、ピストンに油を注いだりする。そして「巨大なる八つの大動輪を鋼鉄の路において明日の用意を怠らず／前燈を消して／ひとり夜の中にいる」。

誓子と同様に、十三郎もまた機関車に用意周到な巨人の面影を見いだしている。この詩を収めた十三郎の詩集「古き世界の上に」は昭和九年の発行。誓子も十三郎も、機関車が象徴した工業都市時代の俳人・詩人だった。

ことに誓子の場合、近代工業都市に肯定的な感性がその俳句を支えている。第一句集の「凍港」（昭和七年）や第二句集「黄旗」（昭和十年）では、キャンプ、スキー、スケート、ラグビー、ダンス、ジャズなどの新素材をさかんに詠んだが、それらの素材はまさに近代の工業都市が生み出したものだった。

「スケートの紐むすぶ間も逸りつつ」「ラグビーのみな口あけて駆けり来る」。このような俳句には都市を謳歌《おうか》する生き生きとした気分が満ちている。

「七月の青嶺《あおね》まぢかく溶鉱炉」。これも誓子の俳句。すぐそばに青い山があって溶鉱炉が煙や炎を噴き出している光景。誓子はこの光景に近代の活力を見た。だが、あのK君だったら言うだろうな。「この溶鉱炉、自然破壊のサンプルですね」と。

8 母という感覚

たとえば、三好達治の詩「乳母車」を口ずさむ。

「母よ――／淡くかなしきもののふるなり／紫陽花いろのもののふるなり／はてしなき並《な》樹《き》のかげを／そうそうと風のふくなり」（詩集「測量船」昭和五年）。なんだか郷愁に似た甘美な気分にみたされる。

またたとえば、北原白秋の童謡「この道」（童謡集「月と胡桃」昭和四年）を低唱する。「この道はいつか来た道、ああ、そうだよ、お母さまと馬車で行ったよ」。馬車に乗った体験は私にない。だが、なんとなく馬車で揺れている気分になるのはなぜだろう。母と並んで歩いた記憶が、今では夢のようにきれいになり、遠方にふわっと浮いている感じになっているからか。

ところで、母が詩歌の重要な主題になるのは近代になってから。近代以前の詩歌は、作者の個人的な思いや事情にかかわらなかった。つまり、作者の日常や現実とは別のところに詩歌があった。だから、最も身近な肉親である母親もあまり登場しない。

江戸時代に流行した俳諧（俳句の祖）は、和歌などに比べると、卑近な日常を詠むことに積極的だったが、それでも母の句はあまりない。芭蕉にしても「父母のしきりに恋し雉《きじ》の声」があるくらいのもの。もっとも、この句の発想は、雉という鳥は格別に子を思う鳥だ、という伝承に発している。つまり、雉の声が主であって、芭蕉の父母への思慕は従である。

近代の俳人でもっとも母をよく詠んだ一人は永田耕衣だった。耕衣の母恋い句の傑作は、「朝顔や百たび訪《と》はば母死なむ」（昭和二十二年）、「母死ねば今着給へる冬着欲し」（昭和二十五年）など。母が死ぬという不吉な表現を普通は避けるが、耕衣はあえてそれを前面に出し、そのことで逆に母への強い愛情を表現している。

私も母派。父の句よりも母の句をたくさん作っている。「魚くさい路地の日だまり母縮む」「紅梅の咲くごと散るごと母縮む」「せりなずなごぎょうはこべら母縮む」など。私には母は縮むものというイメージがある。がんに侵された母は、海辺の病院で日々に縮み、そうして亡くなった。

ここまで書いたら、三好達治のもう一つの詩を思い出した。やはり「測量船」にある「郷愁」。その後半部を引こう。「――海よ、僕らの使ふ文字では、お前の中に母がゐる。そして母よ、仏蘭西人の言葉では、あなたの中に海がある」。漢字の海には母という字が、フランス語の母（mère）には海（mer）が含まれている。母をめぐる楽しい言葉遊びの詩だ。

9 乳房、開放す

夏は乳房とともにやって来た。乳房を揺らせて娘たちが闊歩《かっぽ》するようになると夏の到来だった。「おそるべき君等の乳房夏来る」（西東三鬼）。

三鬼の句は昭和二十一年の作。三鬼の句の乳房には、敗戦直後の気分、すなわち、開放的にして放埒《ほうらつ》でもある気分が託されている。

三鬼の句が作られた時期、たとえば田村泰次郎の小説「肉体の門」（昭和二十二年）が話題になり、泰次郎は肉体作家などと呼ばれた。敗戦はまず肉体を露出させたのだ。

この時代の気分を、乳房の立場から詠んだのは次の桂信子の俳句。「ふところに乳房ある憂さ梅雨ながき」。句集「女身」(昭和三十年)に収録のやはり敗戦から間もない時期の作。信子は俳句における肉体派として俳句史に登場した。

ところで、詩歌における乳房は、長い間、母親のそれであった。垂れているようすに即して「垂乳根《たらちね》」という言葉が生まれ、「万葉集」などで母の枕詞《まくらことば》になった。ちなみに、漢字の母という字の二つの点は乳房の形象。中国でも乳房は母と結びついていた。

近代に至って乳房が母から離れる。与謝野晶子の「みだれ髪」(明治三十四年)にある次の歌などがそのはしりであろう。「乳ぶさおさへ神秘のとばりそとけりぬここなる花の紅ぞ濃き」「神秘のとばり」や「ここなる花の紅」などは、ずいぶん思わせぶりな表現だが、ともあれ、ここでは乳房が母のイメージから離れ、愛やエロスの象徴になっている。

この晶子の乳房の系譜上に三鬼や信子の俳句も位置する。そして、今日、愛やエロス、あるいは不倫などの象徴として、乳房は世間にあふれている。それだけに、乳房を詠むことは逆にむつかしくなっている。

「ブラウスの中まで明るき初夏の陽にけぶれるごときわが乳房あり」。「今刈りし朝草のやうな匂ひして寄り来しときに乳房とがりゐき」。これらは昭和二十一年生まれの歌人、河野裕子の乳房の歌。生命力に満ちた清潔な乳房が、初夏の日光を受けてきらきらしている。

「魂も乳房も秋は腕の中」(宇多喜代子)。これは私が愛唱している乳房の俳句。乳房を腕にかかえるようにして、たとえばテーブルに上半身を伏せている女性の姿を連想する。そのテーブルには飲みかけのコーヒーがあり、ポーの小説集が開かれたままになっている。「秋思《しゅうし》」、つまり、秋の日のメランコリーとでも名付けたい絵のような俳句だ。ついでだが、作者の喜代子はあの桂信子の一番弟子。

10 危険な魅力

俳句の会で小説家の渡辺淳一氏の講演を聞いた。ちょうど「失楽園」が話題になっていたときだったが、小説家は不良老年へのすすめを説いた。老年になって人妻に恋をしたりすると、それが思わぬ活力になり、俳句がきっと生き生きとするだろう、と。

人妻への恋は、たとえば今日のテレビドラマなどにあふれており、珍しくもなんともない。だが、人妻の俳句となると、これはまだ希少。

実は、俳句でツマと言うと、妻よりも夫をさす場合のほうが多い。「春の夜や夫《つま》の読む燈《ひ》はわが読む燈」（山口波津女）という具合。古語では夫も妻もツマだった。だから夫をツマと言ってもまちがいではない。俳句の場合、短い言葉がなにかと便利。それで夫《ツマ》が採用されていると思われる。

ともあれ、夫をツマと呼ぶ俳句の世界では、渡辺淳一氏の不倫のすすめはあまりにも刺激的。その日の聴衆は失笑したり苦笑したりして、とまどっている感じだった。俳句を作る人は中年以上が圧倒的に多いし、その人々はとてもきまじめ。不倫の俳句などはもってのほか、というのが俳句界の現状だと言ってよい。

それでも、人妻のちょっと危険な魅力をいち早く詠んだ俳句がある。鷹羽狩行の「スケートの濡れ刃携え人妻よ」。句集「誕生」（昭和四十年）にある。

狩行の俳句に共感して、私も、「坪内氏、おだまき咲いて主婦を抱く」と作り、句集「落花落日」（昭和五十九年）」に収めた。ところが、この俳句は実際の危機を招いた。

ある日、家に戻ると妻の機嫌がすこぶる悪い。だれかから電話があり、「あんな俳句をご主人に作らせていいのか。主婦は◯◯さんのことだよ」と忠告があったというのである。おせっかいで、ありがた迷惑な忠告だ。

「坪内氏」がただちに作者とは限らない。坪内逍遥だってそうだし、世間には坪内氏はいっぱいいる。また、「主婦」にしても、他人の妻とは限らない。あなただって主婦ではないか、と私は妻に説明した。俳句は虚構であるという持説を展開したのだ。

だが、力説すればするほど、危機的状況に陥った。虚構だとしても、発想の種や核になるものがあるでしょ、と相手は手ごわいことを言う。火の気のないところに煙は立たないものよ、とも。

うーん、と内心でうなりながら、「君は今大粒の雹《ひょう》、君を抱く」というあなたに捧げる熱烈な愛の俳句も作っているよ、と応じた。すると、それって虚構でしょ、と的確無比の一言が返ってきた。ああ。

11　意外性という感覚

「滝の上《うえ》に水現れて落ちにけり」（後藤夜半）は近代の名句の一つ。高浜虚子選の「日本新名勝俳句」（昭和六年）に出ている。

ある講演でこの句をめぐって以下のような解説を試みた。滝の落ち口に水が現れ、ゆっくりと盛り上がり、そして一挙にどっと落ちるんですね。その様子がスローモーションで、しかも、クローズアップで表現されています。このスローモーションやクローズアップという技法が、滝の生き物のような表情をとらえており、意外性に満ちた滝の名句をもたらしました。

話し終えると、うなずきながら聞いていた若い人が、質問があります、と手を挙げた。意外性ということだったら、「滝の上に人現れて落ちにけり」のほうがよくはありませんか、と彼は言った。みんながどっと笑った。「水現れて」は滝の様子としてはあたりまえ、

「人現れて」のほうが確かに意外だ。

さて、困った。私はフルスピードで頭を回転させた。「人現れて」は人が落ちたという単なる報告にすぎません。でも、「水現れて」のほうは報告に主眼がないのです。滝の水の生き物のような表情を発見しているのです。こんなふうに答えたとき、私には落下する滝の生き生きとした表情が実際に見える気がした。

落ちると言えば、もう一句。富沢赤黄男《かきお》の「蝶堕《お》ちて大音響の結氷期」を連想する。これは句集「天の狼」（昭和十六年）にあり、赤黄男の代表作。

「蝶堕ちて」の「堕」の字は「落」とほぼ同義。だが、「落ち」ではなく、「堕ち」と書くと、堕落、すなわち、身をもちくずすという意味を伴う。赤黄男の俳句の蝶（ちょう）は、結氷期の寒さのせいで落ちるのではない。それでは「人現れて」と同様の単なる報告になる。蝶が堕ちたために、「大音響の結氷期」になるのだ。

では、堕ちる蝶とは何か。読者が自由に何かを連想すればよいのだが、私は危機的な心情や時代が蝶に託されていると読む。当時、日本は破滅に至る戦争にのめりこんでいた。赤黄男の蝶はそんな日本の悲惨なイメージとしても読めるだろう。

昭和二十年の敗戦、それは日本がついに「落ちた」ということだった。その敗戦直後、たとえば坂口安吾の「堕落論」が広く注目を集めた。人も日本も「堕ちる道を堕ちきることによって、自分自身を発見し、救わなければならない」。安吾は以上のように説いたのである。そして、政治による救いなどは「上皮だけの愚にもつかない物」と断じた。これ、今日の日本の時勢を批判しているかのようだ。

12 老いるということ、今と昔

徳富蘆花の「不如帰《ほととぎす》」は明治三十一年に発表され、たちまち当代の人気小説になった。川島武男と浪子は相愛の若い夫婦だったが、浪子が結核にかかってしまう。当時の結核は不治の病。武男の母は、その結核が武男に感染して川島家が絶えることを恐れ、武男の留守中に浪子を離縁してしまう。「不如帰」は、個人よりも家に価値が置かれた時代の悲劇である。

さて、その「不如帰」の冒頭の近くに、浪子の世話をする幾《いく》という女性が登場する。そ

の女は「五十あまりの老女」。おや、おやと思った。今の私も五十あまり、「不如帰」の時代だと老爺《ろうや》ということになるではないか。

老爺といえば、山口誓子の昭和二十一年の俳句に、「としよりの咀嚼《そしゃく》つづくや黴《かび》の家」がある。あるとき、口の悪い友人が、君を詠んだ俳句がある、と教えてくれたもの。私の名はとしのり、一字を変えるととしよりになるという次第。

もっとも、誓子の句のとしよりは老爺に限定されているわけではない。だが、梅雨どきの黴くさい家に住んでいるとあれば、これは老女より老爺にふさわしい。ものぐさな老爺だ。

では、この句の老爺は何歳くらいであろうか。手元の「簡易生命表」によると、誓子の句が作られた当時まで、男の平均寿命は五十歳であった。つまり、「不如帰」の時代から誓子の俳句のころまで、五十あまりの人々は寿命の尽きかけた老女、老爺と思われていたのだ。

そういえば、正岡子規は明治三十四年の日記「仰臥漫録」に、「陸翁《くがおう》に来てもらひしに精神やや静まる」と書いている。陸翁は子規の勤務した日本新聞社の社長の陸羯南《くがかつなん》。子規が敬意をこめて陸翁とよんだ羯南は、なんとまだ数えの四十五歳だった。

平均寿命は太平洋戦争後に急速に伸びた。誓子の句から四年後の昭和二十五年には、男は六十、女は六十三になっている。数年のうちに十歳も伸びた。

ところで、今でも五十歳前後から、老眼になるとか歯が抜けるとか白髪になるとかの老化現象が始まる。実はそれは私に起こっている現象。だが、私と年齢が近い人もほぼ同様らしい。とすると、今でも五十歳くらいは確実に老年なのだ。

ただ、かつての老年はほぼ寿命が尽きる年齢だったが、今は長く長く老年期を過ごさなければならない。私の場合、「としのりの咀嚼続くや黴の家」という雰囲気が、これから日々に濃厚になるのだろうな、きっと。

13 笑う百日紅

またもやってしまった。何をか。思い込みによる間違い。

この連載の「意外性という感覚」の回に、富沢赤黄男の「蝶堕ちて大音響の結氷期」をとりあげた。ところがこの句は「堕ちて」ではなく「墜ちて」だった。そのことに気づいたのは、勤めている大学の詩歌のゼミで学生がこの句を話題にしたとき。思わず私は「ひゃっ！」と叫び、学生たちをびっくりさせた。

赤黄男の句は「蝶墜《お》ちて大音響の結氷期」が正しい。いつもだと、原稿に引用した俳句は、出典にあたって表記などを確認する。ところが、赤黄男の句の場合はそれを怠った。というのも、私は赤黄男と同郷、そしてこの句を高校時代に覚えて愛唱してきたからである。出典にあたるまでもなく、いわば熟知の俳句のつもりだった。

その「つもり」に大穴があった。私はいつのまにか、あるいは当初から、「蝶堕ちて」と思いこんでいた。なんという強い思いこみをしていたのだろう。ああ。

この思いこみによる間違いをときどきおかす。「機関車、奔る」の回では「口ひげ」を「鼻ひげ」と書いてしまった。新聞社の校正係が直してくださったが、私は今まで、口ひげをもっぱら鼻ひげと呼んできたのだった。

ところで、蝶《ちょう》のたてる音というと、愛唱している句がもう一つある。松瀬青々《せいせい》の「日盛りに蝶のふれ合ふ音すなり」。句集「松苗」（昭和十三〜十五年）の句だ。

日盛りは夏の昼下がり、その日盛りの空で二匹の蝶が触れ合っているという光景だが、蝶は大きな黒揚羽《あげは》であろうか。この句では、普段は音のしないものが音を立てており、そこがとても新鮮。私にはガラスのぶつかるような音がこの句から聞こえる。

音のしないものに音を聞く。それは詩的直観であり、また詩的発見。私もいくどかそんな音を聞いた。たとえば「枯れ草の枯れる音して日本晴れ」とか、「沈黙が音たて昼の百日紅《さるすべり》」というように。

百日紅の句ができたときはうれしかった。この句を作った当時、私は百日紅に出会うたびにその木をくすぐっていた。百日紅は各地の方言でくすぐりの木という。幹の肌をやさしくくすぐると、花やこずえのさきが恥じらって笑うように揺れる。そのことを知った私は、百日紅をくすぐることを趣味のようにして楽しんでいた。そんなある日、くすぐっていた百日紅の笑う声が聞こえた。人気のない日盛りの丘の公園でのこと。

14 納豆と恋

最近、納豆が好き。納豆を食べる習慣のない四国の育ちなので、あの匂いやねばねばをなんとなく敬遠していたが、食べはじめると、匂いもねばねばもなかなか妙だ。

「うふふうふふと納豆食べる『軽薄派』」。このちょっと変わった俳句は金子兜太の作。軽薄派と呼ばれている人がねばつく納豆をうふふうふふとうれしそうに食べている光景。納豆と軽薄派のちぐはぐな取り合わせがまさに妙。

ところで今日の俳句界で軽薄派の代表のように見なされているのはこの私。私には「三月の甘納豆のうふふふふ」があり、兜太の俳句はこの句を揶揄《やゆ》する形で踏まえているのだろう。兜太の俳句にこたえるためにも、私はさらに、さらに納豆好きにならねばならないだろう。

「どんぶりを持って納豆買いに行く幼い私♪なっとなっと〜なっと〜♪」。これは牧野光子の短歌。彼女は東日本育ちのとびきり新しい歌人だが、納豆屋さんが「♪なっとなっと～なっと～♪」とまわって来ると、どんぶりを抱えて買いに行ったのだ、という。「へえ、豆腐を買いに行くのと同じだね」と感心したら、「こんな歌はどう？」と次の短歌も見せてくれた。

「なぜなのかわからないけどなにぬねの納豆が好き君が好き♥フフ」。「六月の納豆にゅにゅ～ん糸引いてあなたのことを思っています」。今すぐに納豆が食べたくなるような歌だ。納豆と恋の取り合わせは意外であり、その意外さが納豆の思わぬ一面を引き出している。その一面とは、納豆を食べてにゅにゅにゅ～んと恋をする気分。

ところでにゅにゅ～んの納豆は大豆を納豆菌で発酵させたもの。私のうふふの甘納豆は小豆などを煮詰めて砂糖をまぶしたもの。納豆と甘納豆は、名前が似ているし、主材料が豆だという点も共通だが、製法などは根本的に違っている。ともあれ、現今の私は、朝食に納豆を、おやつに甘納豆を食べるという具合だが、実はわが家には甘納豆シーズンがある。

さきの俳句のおかげで、中元や歳暮の贈り物として諸方面から甘納豆が届くのだ。肥満状態のぶざまな私としては、甘納豆は敬遠すべきなのだが、届くとうれしく、「ちょっと味見を」と言って手を出す。甘納豆を前にしたらまさに軽薄。うふふうふふになってしまうのである。

ついでだが、私の甘納豆の俳句は一月から十二月までの甘納豆のようすを詠んだ連作。六月と七月の句を挙げておこう。「甘納豆六月ごろにはごろついて」「腰を痛む甘納豆も七月も」。

15 屋根にのぼる中学生

向かいの家の中学生が、ときどき、屋根にのぼる。急傾斜の屋根なので危なっかしい。でも、棟をまたいだまま孤独にひたっているような中学生を見ると、なぜかホッとする。少年期の私も屋根にのぼり、暮れなずむ水平線を眺めることが好きだった。

「わたくしは夏のさかりのトタン屋根」。これは櫂未知子の句集「貴族」（平成八年）にある俳句。トタンは薄い鉄板に亜鉛をメッキしたもの。日に照らされたトタン屋根は熱い。

まして、夏のさかりのそれは火にかけたフライパンみたい。未知子の句は、自分はその熱いトタン屋根のようだ、という。野生的にして情熱的ということだろう。

未知子は昭和三十五年生まれ。現代俳句のホープの一人だが、彼女にはトタン屋根にあがって遊んだ体験があるのかも。だが、今日、トタン屋根も屋根にのぼる子もあまり見かけなくなった。トタンはスレートなどに変わり、また、子どもが屋根にのぼることは危険視されているのだろう。

ところで、高度経済成長期後、つまり、昭和五十年前後に生まれた人だと、もはやトタン屋根になじみがないだろう。そればかりか、かまど、くみ取り式便所、蚊帳なども知らないだろう。その時期を境にして、その前と後に育った人では、物の見方や感性が微妙に違っていると思われる。なにしろ、暮らしの基本をなすものが変化したのだから。

もちろん屋根にもあまりのぼらなくなった。それが危険だということのほかに、子どもの遊びがファミコンなどの室内遊戯に変わったということもあるだろう。

かまどで火をたくこと、便所がくみ取り式であることなどは、遠い昔から暮らしの基本であった。柿本人麻呂、紫式部、平清盛、徳川家康、松尾芭蕉、伊藤博文……。これらの人々はみんな、かまどと便所においては同じ体験をしてきた。未知子も、そして私も。

だが、高度経済成長期後は、薪《まき》がガスに、くみ取り式が水洗式に変わった。歴史的大変化であった。この大変化は、清潔さとか、明るく軽快なものを好む傾向をもたらした。ガスの普及によってきれいで明るくなった台所、やはり明るく清潔になった便所などが、そんな傾向を支えてきた。

私の近辺の屋根はほとんどがスレートぶき。のぼると滑りそうな屋根だ。それだけに私は、屋根にのぼる中学生の冒険心と孤独感に共感している。

「つぶつぶのジュースごっくん屋根の上」は私の俳句。あの中学生も棟をまたいだまま、缶ジュースを飲む。

16 自分を重ねて詠む

小学生のころ、帆船の船長になりたかった。私の育った家は海に直面しており、時折、沖に帆船が現れた。

「炎天の遠き帆やわが心の帆」。これは句集「遠星」（昭和二十二年）にある山口誓子の俳句。近代の俳句で私のもっとも好きなものの一つである。炎天の遠い帆は、夢や希望などのシンボル。遠い何かにあこがれるこのようなロマンチシズムは、少年の日以来、私の思いの基本をなしている。

「霜月の帆船自分の位置がわからない」。これは若い友人津田このみの俳句。大阪湾を一周する観光用の帆船があり、先年、仲間とその帆船に乗って俳句を作った。まだ二十代のこのみは、甲板のテーブルにほおづえをつき、退屈そうに目をつむっていた。だが、さきのような俳句を作ったところから推量すると、退屈していたのではなく、帆船と自分を重ねて海上を漂っていたらしい。その日、霜月の海は真っ青で、それだけに、帆船は孤独の白い帆を開いているようだった。

誓子やこのみだけでなく、いろんな人が、帆船を自分自身のイメージとしているのではないだろうか。次に引くのは昭和三年生まれの岡本眸の俳句。「汗ふいて身を帆船とおもふかな」。句集「矢文」（平成二年）にある作品だが、「身を帆船」と思うことで、生きることが実に楽しくなるだろう。汗を拭《ふ》くしぐさまでが、たとえば帆に風を受ける快さになる。

ところで、今日は、実用的な船のほとんどはエンジンで動く。それでも、ヨットをはじめとして根強く帆への愛着が続いているのは、私たちが身につけているロマンチシズムのせいだろうか。帆が受ける風を通して、私たちは自然や宇宙の呼吸にじかに触れる。

帆船があこがれになるもう一つの理由は、ペリーの黒船がそうだったように、それが西洋文明の象徴であったこと。日本の近代という時代は、西洋を手本とし、西洋文明の摂取にひたすら努めた。

ともあれ、帆で走る船には日本型帆船と西洋型帆船があるのだが、明治以降、帆船とはもっぱら西洋型帆船をさした。「冬うらら海賊船は瓶の中」は、大正二年生まれの中村苑子の俳句。句集「花隠れ」（平成八年）にあるこの句の海賊船も、やはり西洋型帆船のミニチュア。

「わたくしは座礁の帆船春の闇」。これは私の最近の作。かつて帆船にあこがれた私だが、中年の今はあたかも座礁した帆船の状態。動きが途絶え、いろんな意味で停滞している。この座礁を乗り切り、真っ青な海上で再び帆を開くことができるだろうか、私は。

17　混沌をとらえる

夏目漱石の「吾輩は猫である」に、カネを作るための三角術という話がある。「義理をかく、人情をかく、恥をかく」の三つのかく（イコール角）が三角術。ちなみに、三角術は過去の用語。今日の幾何学では三角法と呼ばれている。

「吾輩は猫である」は、金銭が支配する世への嫌悪感をモチーフの一つにした小説だが、その嫌悪感は漱石だけでなく、近代の多くの文学者に見られる。たとえば、雑誌「ホトトギス」の経営に苦心していた高浜虚子は、あるとき、俳句仲間から、商売人になりさがった、と揶揄《やゆ》された。金策にかけまわることなどが嫌悪されたのだ。

「銀行員等朝より蛍光す烏賊《いか》のごとく」。これは「金子兜太句集」（昭和三十六年）にあり、兜太の代表作。当時、前衛俳句が流行、作者はその旗がしらであったが、銀行員という文学的ではない言葉を俳句に持ち込んだこと、しかも銀行員を「蛍光す烏賊のごとく」

と大胆にたとえたことなどが、この句が前衛的な俳句として注目された理由であった。もっとも、銀行員を詠んだ句はすでにあった。たとえば、銀行員を職業とした片山桃史は、「南風にまぶしき帳簿みな開き」「世をながれきし硬貨はかりゐる歳尾」などと昭和十年代に詠んでいる。

桃史が詠んだのは職業人としての銀行員だが、兜太は桃史の一歩先に出て、銀行員という近代に欠くべからざる存在の象徴性をとらえようとした。それは、金銭を嫌悪する次元の先に出ようとすることでもあった。

もっとも、兜太の句は、銀行員に烏賊を取り合わせているのであり、それは、前衛的というよりも、極めて伝統的な技法である。伝統的な技法で、社会の混沌《こんとん》をとらえようとしたのだ。

銀行員の句は、簡単に誕生したわけではない。この句に先立って、「銀行員に早春の馬唾充《つばみ》つ歯」「銃声と銀行員に午後の月」という句を兜太は発表している。二句ともイメージが錯綜《さくそう》していて難解。「港に雪ふり銀行員も白く帰る」という句もあるが、これは逆に、雪の日の情景としては平凡すぎて面白くない。

実際に銀行員であった兜太は、銀行員という存在のなにかを表現しようとしきりに模索していた。その模索が、銀行員に馬、月、雪などを取り合わせることになった。そんな模索の続きにおいて、銀行員と蛍光する烏賊との取り合わせを発見したのだ。

　では、蛍光する烏賊とは何か。それは読者が個々に思い描けばよい。ともかく、銀行員は蛍光する、烏賊のように。

18　自分を直視〝開放へ〟

「洗《あら》ひ髪《がみ》同じ日向《ひなた》に蜂死して」。句集「紅絲」（昭和二十六年）にある橋本多佳子の句。髪を洗っている人と死んだ蜂《はち》、その両者が同一の存在という感じがしてドキッとする。

　多佳子は髪を自分の心のかたちとして次のように詠んだ。「七夕や髪ぬれしまま人に逢ふ」（「信濃」昭和二十二年）、「罌《け》粟《し》ひらく髪の先まで寂しきとき」（「紅絲」）、「うつむくは堪へる姿ぞ髪洗ふ」（「命終」昭和四十年）、「髪洗ひ生き得たる身がしづくする」（同前）。

　ところで、髪が話題になるとき、私の心はちょっと痛む。その理由は二つ。

一つは、私の髪が癖毛、つまり、ひどい縮れ毛であること。私のあだ名は、ヒツジ、アベベ、天然パーマ、カリフラワーなどであった。今でも、「パーマをあてたりしておしゃれですね」とお世辞を言う人がある。ともかく、私は癖毛に悩んできた。

理由の二つ目は、癖毛に端を発しているひそかな罪悪感。高校時代、私は生徒会会長として長髪解禁運動を展開した。私にも長髪に対するあこがれがあり、はらりと垂れた前髪を指でかき上げるなんてことをしてみたかった。

それで運動の先頭に立ったのだが、心のどこかでこの運動の挫折を願っていた。みんなが長髪になったら、そのとき、私の癖毛がいっそう目立つ。そのことを恐れたのである。もっとも、運動の結論が出る前に卒業したので、運動を裏切ることはなかった。でも、なんとなく罪悪感が残り、今なお尾を引いている。

というわけで、私の髪に対する思いは複雑。この二十年近く、理髪店にも行っていない。理髪店に行くと、「ひどい癖毛ですね」という話に必ずなる。そして、大きな鏡に向かって癖毛と対面しなければならない。それがいやで、いつの間にか、カミさんに散髪をしてもらうようになった。そのために、この二十年来、まったく同じ髪形である。

それでも、最近、理髪店へ行ってみようか、と思っている。理髪店の鏡の自分を直視するとき、髪に対するコンプレックスから解放されるという気がするから。

実は、娘も軽い癖毛。学生時代にはそれを気にし、いつでも髪をいじっていた。ところが、子どもを産んでからというもの、ばさばさの髪で歩き回っている。娘のそんな変化を見て、私も癖毛に向き合う気持ちになった。

「髪乾かず遠くに蛇の衣懸《きぬ》る」。これは句集「海彦」（昭和三十二年）にある多佳子の句。蛇が脱皮するように、私も髪コンプレックスを脱するとしよう。

19　古代からの神秘な力

汗が体を流れたり、体のあちこちから噴き出す感触。また、汗をなめたときの塩味。それらが好き。今日、汗くささは嫌われがちだが、私は汗によって原始的感覚を回復させている気がする。それでそっと汗をなめたりするのだ。

「広場に裂けた木　塩のまわりに塩軋《きし》み」。これは句集「蛇」（昭和三十四年）にある赤尾兜子《とうし》の俳句。広場に裂けた木があるという不吉な光景と、積み上げた塩のまわりで塩が軋んでいるという無機的な白い風景は、互いに照応し、終末論的な危機感を伝える。現代という時代も、一皮むけばこの俳句のような光景かも。

塩は人間にとって不可欠。私たちは塩なしには生きていけない。その塩、今は工場で生産されるようになり、空気や水に近いものになっている。つまり、ありがたみが薄れている。だが、かつて塩は時代を支えていた。

たとえば古代ローマ。そこでは役人や軍人に給料として塩が支給された。そんなことがあったために、英語のサラリー（給料）という言葉は、ラテン語のサラリウム（塩の支給）を語源にしているという。ともあれ、古代ローマに限らず、古代の中国などでも、塩をめぐって戦いや革命が起こった。塩の所有や管理が国の存亡に関わったのだ。

近代の日本では、国による塩の専売制度がとられたが、それも塩を重要視した施策。専売制度の機能した時代には、塩は塩田で作られた。沢木欣一の句集「塩田」（昭和三十一年）はまさにその塩田時代の記念的句集。「塩田に百日筋目つけ通し」がこの句集の代表句だが、筋目を人手によって百日もつけ続ける過酷な作業が塩をもたらした。

さて、今日の塩の俳句といえば、あざ蓉子の「人間へ塩振るあそび桃の花」（『ミロの鳥」平成七年）であろうか。ここでは塩は遊びの道具になっている。蓉子は昭和二十二年生まれ、今もっともあぶらの乗っている俳人だ。

それはそうと、ナメクジに塩を振るとナメクジは縮むが、では人間は？　人間は清められる。この蓉子の俳句では、桃の花の咲くきれいな季節に、神々が塩を振ってけがれた人間どもを清めている感じ。もっとも、熟年の男女のちょっと危険な場面を想像してもよい。たとえば、浮気した男に女が塩を振っている場面。

ともあれ、塩は遊びの道具になりさがった。でも、古代からの神秘な力を失ったわけではない。浮気などの邪気を払う力を依然としてもっているのだ。葬儀から戻ったとき、私たちは塩で清める。それもまた、私たちが今なお塩の力を信じているから。

20 居ずまいを正す

「炎天に山あり山の名を知らず」「山々が近づいている子規忌かな」。これは句集「百年の家」(平成五年)にある私の俳句。

山をいつも目にしていた。今の家からも北摂《ほくせつ》、すなわち大阪の最北地方の山々が見えるが個々の山の名前は知らない。その名前を知らない山々が、子規忌(九月十日)のころに近づいてくるのは毎年の実感。空気が澄んで山が近くなるのだ。

「芋の露連山影を正うす」は飯田蛇笏の大正三年の作。近景は里芋の葉の露、そして遠景は連山という構図の句だが、この句を評した上田三四二は、「連山影を正うす」というフレーズによって、現実の連山は「かえって居ずまいを正すかと思われるほどだ」(「鑑賞現代俳句全集二」昭和五十五年)と述べた。

句も名作だが、この表現も見事。三四二にならって言えば、この句を知っている人の前では、各地の連山はあわてて居ずまいを正し、端正な姿で空に立つに違いない。

蛇笏は山梨県の生まれ。さきの句のモデルになったのは南アルプス連峰だという。もっとも、九州や東北の風景としても通用する俳句であり、その通用する幅の広さが名作たるゆえんだ。

「碧空《あおぞら》に山充満す旱川《ひでり》」は句集「麓の人」（昭和四十年）にある飯田龍太の作。龍太は蛇笏の息子。「山充満す」という表現に山の生気が感じられる。空には山が充満していながら、地上は干ばつ状態の夏の川。この句、炎天の山国を大きな構図でとらえている。

「手が見えて父が落葉の山歩く」。これも先の句集にある龍太の作。葉を落とす木々の間に父の手が見えるというのだが、父は実在の父でも、あの世の父でもよい。そのへんのあいまいさが、この句に魅力的なふくらみを与えている。

蛇笏や龍太の山の俳句を見ると、山が実に生き生きとしている。「山の名を知らず」と平気で詠む私の態度が、なんだか恥ずかしい。

私は半島育ち。半島にも低い山はあったが、誰も名前は呼ばなかった。「あの山」、「東の山」ですましていた。要するに、山にさほど親しんでいない。その状態が現在まで続いており、だから、私は、見える山々に名前がなくても今なお平気。

「秋の暮山脈いづこへか帰る」。句集「激浪」（昭和二十一年）にある山口誓子の作。秋の日中、山々は近づいてくる。ところが、秋の日はたちまちとっぷりと暮れ、気づいたら山脈は闇《やみ》の中、ということがよくある。秋の日暮れの不安感、寂しさを山脈に託して詠んだ傑作だ。

21 意思を示す眼玉

とても強烈な眼玉（目玉）の俳句がある。「血を喀《は》いて眼玉の乾く油照《あぶらでり》」。句集「秋風琴」（昭和三十年）にある石原八束の俳句。血を喀くは喀血《かっけつ》、すなわち、肺などから出血した血をせきとともにはくこと。

薄曇りで無風、じりじりと蒸し暑いのが油照り。その油照りの中で、結核患者が血を吐いている。全身に汗がにじんでいるだろうが、眼玉だけは乾いて無表情。死んだようなその眼玉が印象的だ。八束は大正八年の生まれ。敗戦直後に喀血した。さきの句集には「血を喀くや梅雨の畳に爪をたて」「血を喀いて笑ひこはばる汗の貌《かお》」などもある。

結核は近代の時代病であった。正岡子規、日野草城、石田波郷など、多くの俳人が結核による闘病生活を強いられた。その闘病生活において、「糸瓜《へちま》咲いて痰《たん》のつまりし仏かな」と子規は死後の自分を想像した。草城もまた「ながながと骨が臥《ね》てゐる油照り」と自己像を描いた。波郷は「白き手の病者ばかりの落葉焚《おちばたき》」と詠んだ。療養所の風景だが、なんだかあの世の風景のようでもある。

八束が喀血したころから、結核は不治の病ではなくなった。抗生物質が発見されて治療が可能になったのだ。その代わりに、こんどは癌《がん》という新たな時代病が広がって今に至っている。

さて、眼玉だが、やはり敗戦直後の俳句に「暗闇の眼玉濡さず泳ぐなり」がある。句集「谷間の旗」（昭和三十年）にある鈴木六林男《むりお》の俳句。暗闇《やみ》の中で二つの眼玉だけがぎらぎらしている。その眼玉は泳ぐ人のむき出しになった意思なのであろうか。

八束や六林男の眼玉は意思表示する眼玉だが、それは敗戦後の新しい眼玉だったのではないか。それまでの眼玉はひかえめ、つまり、うつむきがちであったり、そらされたりして、相手（対象）を直視することがあまりなかった。それが長く日本人の眼玉の美徳だった。

ところが、敗戦後、眼は大きく見開かれ、眼玉が人の意思を示しはじめる。そういえば、人気漫才師として一時代を画した西川きよしは、眼玉の大きいことを売り物にして登場した。舞台の上で眼玉をむいて笑いをとった。その当時、日本人の眼玉はまだきよしのそれほどには大きくなっていなかったのだろう。

だが、今では大きく開いた眼が普通になった。大きい眼玉は珍しくない。あのきよしも変化し、「小さいことをこつこつと」という信条を掲げ、一時期は政治家になった。

22 身を軽くして立身の夢

「鶏頭や糸瓜や庵は貧ならず」。明治三十四年の正岡子規の俳句。読み方は「ケイトウヤヘチマヤイオハヒンナラズ」。庭に鶏頭が咲き、糸瓜もぶら下がっている。小さな家だが、こんな草花があるかぎり貧しいとは言えない。むしろ豊かと思うべき、という意味。

この子規の句は、日記「仰臥漫録《ぎょうがまんろく》」に出ているが、この句の前に給料のことが書かれている。

学生時代の自分は、大学を卒業して五十円の月給を取れる身分になりたいと思っていた。ところが、大学は中退したし、結核は悪くなるしで、なかなか夢が実現しない。やっと最近、新聞社から四十円、そして、編集を手伝っている雑誌「ホトトギス」から十円をもらうようになり、合わせて五十円の月給になった。

以上のように書いた後へ、子規は冒頭の俳句を記したのだ。子規は、少年時代から人一倍立志の念が強かった。それだけに、月給五十円がよほどうれしかったのだろう。

ちなみに、自筆の墓碑銘の末尾には「月給四十円」と記している。寝たきりの病人だった子規は、新聞社に出社ができず、家で記事を書いた。それでも、ちゃんと月給をもらって一家を維持した。そのことが誇らしかったのだ、きっと。

「夜店はや露の西国立志編」は「川端茅舎句集」（昭和九年）にある俳句。夜店の「西国立志編」は多くの人に読まれて汚れているのだろう。その本に早くも露がおりているのだ。画家志望だった川端茅舎は、子規と同じ病気の脊椎《せきつい》カリエスにかかり、画業を断念して俳句にいそしんだ。さきの句集にある「金剛の露ひとつぶや石の上」が茅舎の代表句。

「西国立志編」は、スマイルズの「Ｓｅｌｆ―Ｈｅｌｐ」を中村正直が翻訳、明治初年に刊行した。この本と並んで、明治の青年たちに愛読されたのは、フランクリンの自伝。フランクリンは米国の建国に尽くしたが、独立独行して立身出世を遂げた典型的人物。

フランクリンの自伝は子規も愛読し、フランクリンがフィラデルフィアの町を建設してゆくようす、そして、貧乏な植字工から次第に出世を遂げていくようすは、「なんとも言われぬ面白さ」だと評した。(「病牀六尺」)。

「秋の雲立志伝みな家を捨つ」。句集「田園」(昭和四十三年)にある上田五千石の俳句。近代日本では家の束縛が強く、そのために、一度は家を捨て、身を軽くして立身出世の夢を果たそうとした人が多い。子規の弟子の伊藤左千夫もその例で、二十二歳のとき、家出して東京へ出た。所持金は一円だけだった。

23　世界の終りのような風景

魚の骨がのどに刺さったとき、水をごくんと飲む。それでも骨がとれないときは、ご飯を一口分、噛まないで飲み込む。以上のことを数回繰り返すと、たいていは取れる。それでもときどき、深くささってなかなか抜けない場合がある。

骨が刺さるのは、まずあわてて食べたとき、それから、きれいに骨を残して食べることができず、皿の上で骨がぐちゃぐちゃ状態になったとき。皿にきれいに骨が残ったときは、まず刺さらない。

「八月の終わりきれいな魚の骨」。これは句集「花影」(平成八年)にある桂信子の句。食べた後のきれいな魚の骨は、すてきな思い出を残して終わった夏の印象そのものという感じ。もっとも、この句の魚の骨は、皿に残った魚の骨に限るわけではない。博物館などにある、古代魚の化石とみなすと、連想はさらに豊かに広がるだろう。

「鯛《たい》の骨たたみに拾ふ夜寒《よさむ》かな」は室生犀星の大正十三年の俳句。畳の上に落ちているタイの骨のひやりとした感触が、夜寒の感じにぴったりと照応している。

ちなみに、タイの骨は固い。刺さると大変だ。

「秋の暮大魚の骨を海が引く」は句集「変身」（昭和三十七年）にある西東三鬼の作。「大魚の骨」は、人が食べた魚の骨というよりも、なぎさに打ち寄せられた、たとえば大きなカジキの骨という感じ。あるいはクジラの骨。

ともあれ、人影のないなぎさで、大きな骨を海が引いているさまは、あたかも世界の終りのような風景だ。波が引くのではなく、「海が引く」と表現したことが、終末的な印象を強めている。

話題にしている句は、三鬼の晩年の作だが、彼の俳句界デビューは昭和十一年の「水枕がばりと寒い海がある」。海に始まり、海に帰った俳人だった。

ところで、この三鬼の句を知ってから、浜辺を一人で歩くことが好きになった。夜明けや日暮れのなぎさを歩いていると、人類が海から陸に上がったときの原始的な感覚がほんの少しよみがえる気がする。三鬼の句の終末的な風景とは、実はそこから新しいことが再び始まる原始的風景でもあるのだ、などと気づいたりもした。

そういえば、三鬼の句にひかれて水族館に行ったこともある。やはり先の句集に「乾き並ぶ鯨の巨根秋の風」という句がある。「須磨水族館」という前書きが付いた句。「へぇっ、クジラの巨根！」と感心し、神戸の須磨まで巨根見物にでかけた。今から三十年前の学生時代のこと。巨根に圧倒されたが、あれ、今も水族館に健在だろうか。

24 母校に降る雪

「降る雪や明治は遠くなりにけり」は中村草田男の代表作。句集「長子」（昭和十一年）にある。

草田男がこの句の発想を得たのは、大学生のころ、ふと思いついて母校の小学校を訪ねたとき。人気のない放課後の中庭では、砂利の上へ雪が降っては消えていた。そのとき、金ボタンの黒い外套《がいとう》を着た四、五人の背の高い生徒が校舎から飛び出した。その生徒たちを見て草田男は感動した。

歳月の早い経過に感動したのだ。明治の小学生だった自分たちは絣《かすり》の着物に下駄《げた》、そして草履袋を提げた内気な生徒だった。ところが、今、母校から走り出た生徒たちには昔の自分たちの面影がない……。そんなことを思っていると、雪はいっそう激しくなり、草田男の頭には「明治は遠くなりにけり」という感慨が浮かんだ。

日本の小学校は、明治五年に公布された学制にもとづき、その翌年から全国的に開校した。学問こそが身を立てる基礎として始まった小学校は、以来、根底のところで日本を支えたと言ってよいだろう。

ところで、明治六年に四国・松山の末広小学校に入学した正岡子規は、近代の小学校の一期生。彼は、早朝に祖父の漢学塾で勉強し、その後できたばかりの小学校へ通った。

明治十二年、小学校の最上級生になった子規は、教室で手紙の練習をした。遠山先生の指導で書いたその手紙は、「内約の婦の不品行を聞き媒介へ破約の文」。婚約相手の品行が悪いという噂を聞き、仲人に破約を申し込んだ手紙だ。もちろん、教室の何十人かの生徒がいっせいに婚約破棄の手紙を書いた。当時はまだカリキュラムが整備されておらず、江戸時代の寺子屋のままに大人として身につけるべきことを教えた。

今、学校はさまざまな問題をかかえて揺れている。学校が大きく変わるべき時代なのだろう。先日、兵庫県柏原町の六年生と俳句を作った。四年前から年に一度の俳句教室をこの町の小学校で開いているのだが、今年の課題は取り合わせ。

俳句を作れというと、大人でも、「菊香る白い花びらいいにおい」のような平板な句を作りがち。そこで、生徒の名前の山田千江さんを菊と、また、キツネと取り合わせてみる。ほら、山田さんの感じが取り合わせた言葉に影響されて違って見えるでしょ、と問うと生徒はうなずく。次はその後で作った生徒の俳句。

「菊香る人と話せば友となる」。「菊香る庭の子犬は昼寝中」。「菊香る私はあの子にあやまるよ」。

25　すっぽんぽんの大阪

「法善寺横丁に年忘れんと」（大橋宵火）。水かけ不動で知られる大阪の法善寺横丁へ年忘れに出かけたという俳句。

法善寺横丁をはじめとして、大阪の盛り場にはわい雑な活力が満ちている。そんな大阪について、かつて正岡子規は次のように述べた。

「大阪では鰻《うなぎ》の丼《どんぶり》を『まむし』といふ由、聞くもいやな名なり。僕が大阪市長になつたら先づ一番に布令を出して『まむし』といふ言葉を禁じてしまう」

「仰臥漫録」にある明治三十四年九月十六日の記事。鰻が好物だった子規としては、蛇のマムシを連想させる大阪弁の「まむし」が許せなかったのだろう。

牧村史陽の「大阪ことば事典」によると、大阪ではかば焼きにした鰻をかけ汁とともに米飯にまぶす。このまぶすから来た言葉が「まむし」だという。

大阪弁の「まむし」は蛇のマムシとは関係ないらしいが、私などは「まむし」が蛇のマムシを連想させるところに、いかにも大阪弁的な魅力を感じる。子規は嫌ったが、このような多義的、そして俗語としての活力に富む言葉はいかにも俳句的。「大阪」という地名にしても同様に俳句的ではないだろうか。

「大阪や埃《ほこり》の中の油照り」は大阪の俳人・青木月斗の俳句。油照りだけでも耐え難いが、埃がたちこめているのだからいっそうひどい。そんな油照りを、これこそ大阪だ、と自慢しているような俳句。

「炎天を来て大阪に紛れ込む」は右城暮石の俳句。炎天の大阪市中へ入る気分を「紛れ込む」と表現しているが、大阪の雑踏の中では人は確かに紛れ込んだ感じになる。とても気楽。「大阪やラムネ立ち飲む橋の上」（伊丹三樹彦）はそんな大阪の気楽な風景。

さきの子規は、大阪の印象は「俗の一字」に尽きる、とも述べている（「車百合に就きて」明治三十二年）。てきびしいが、実は俗なものこそが常に俳句の格好の素材だった。俳句は俗を生かすことを特色とする詩歌だ。そんな意味では、「大阪」はもっとも俳句的なのである。

というわけで、私も「大阪」の俳句を作り続けている。春だと「大阪へ今日はごつんと春の風」。夏だと「大阪のすっぽんぽんの夏至の空」。秋は「十月の木に猫がいる大阪は」。冬は「大阪やどっち向いても冬の雨」という具合。

大阪といえば、反射的に東京を連想するが、「東京」の俳句の傑作は「木がらしや東京の日のありどころ」。芥川龍之介の大正八年の作だ。

26 朝日に光る墓原

宅配便の運転手から、「墓ばかりでお宅がないのですが」と電話がかかった。住所を頼りにお宅を探そうとしたら、墓地に入ってしまった、お宅はこの墓地の中のどこですか、と運転手は言う。

わが家の一画は墓地のそばに新しくできた住宅地。丁番がその墓地と同じだ。まだ地図には出ていない。引っ越したばかりのころ、家具屋さんも墓地から電話をかけてきて、「ベッドを届けにきましたが、墓ばかりで……」とおびえたような声。あの世からの注文だと思ったのか。私は今、墓地を通過して届いたそのベッドで寝ている。

「霜の墓抱き起されしとき見たり」。これは句集「惜命」（昭和二十五年）にある石田波郷の俳句。波郷の家の隣も広い墓原だった。病人の彼が着替えか何かで抱き起こされたとき、霜に光る墓が見えたという情景。

もっとも、墓が抱き起こされた、という読み方もある。何かで倒れていた墓が抱き起こされて、霜の降りていたその墓石がきらきらと光った、という情景。

どっちの読み方をするにしろ、霜の墓が朝日に光っているだろう。それはきれいな光景だ。わが住宅地の家々は、霜の墓石が反射した真っ赤な朝日を窓ガラスに受ける。ところで、私はなぜか墓地に縁があり、ここに引っ越す前は墓地道と呼ぶ道沿いに住んでいた。その墓地道を登ると火葬場のある墓地だった。

そんな次第で、墓地のそばには慣れているが、実のところ、なかなか快適な住環境である。緑が多くて静か。周囲の変化もあまりなくて安定している。困ることは、カラスが多いこと、春秋の彼岸に香煙がたちこめることくらい。

私は墓地のそばの暮らしをもっぱら楽しんでおり、折に触れて墓地を散歩する。暖かな日には墓石の台座に腰をおろしてうつらうつら。そんなある日、「華麗な墓原女陰あらわに村眠り」という句がなぜか頭に浮かんだ。そのときばかりはあわてた。墓石のかげで悪いことをしていたような気になったのだ。「兜太のせいだ」とつぶやいて責任転嫁をしたが、この句、「金子兜太句集」（昭和三十六年）にある。

そんな私だが、最近、墓地の価値を再認した。それはしし座流星群の日。その日、未明の墓地にたくさんの若者たちがやってきた。暗くて空の広い墓地は星を見る絶好の場所だったのだ。その数日後、新聞の折り込み広告を見ていたら、「墓地の南側、環境抜群の家」とあった。

27 理想の教師

「先生の銭かぞへゐる霜夜かな」は寺田寅彦の俳句。霜の降りる寒い夜、先生がかじかむ指で銭を数えている。鼻水をすすりあげたりしながら。そんな光景の俳句だ。この句には「月末決算をしながら自ら憫《あわれ》む」と前書きがついている。銭を数えているのは実は寅彦自身。

この俳句を作った大正六年、寅彦は三十九歳。東京帝国大学理科大学教授であった。少壮のこの物理学者は、しかし、実生活の上に不幸が続いていた。師事していた夏目漱石が前年に亡くなったし、この年の秋には二度目の妻が死去したばかり。妻がいたときは決算を手伝ってもらったのだろうが、今はそれができないのである。

「先生と話して居れば小春かな」は大正七年のやはり寅彦の俳句。こちらの先生は漱石。漱石先生と話していると、今のこの小春日和のようなうらうらとした気分になったなあ、という漱石追慕の句だ。

寅彦が漱石をはじめて訪ねたのは明治三十一年、二十歳のときだった。試験に失敗した友人の点をもらう交渉のために漱石先生を訪問した。

当時、漱石は熊本の第五高等学校の英語の先生、そして寅彦はそこの学生だった。寅彦の交渉が成功したかどうかはわからないが、その訪問がきっかけになって寅彦は漱石の俳句の弟子になった。そのころ、漱石は正岡子規を中心とする新派の俳人として有名だった。

高等学校を終えて東京帝国大学理科大学の学生になった寅彦は、漱石の紹介を得て子規を訪問している。そして、雑誌「ホトトギス」に写生文などを発表した。彼は俳句よりもむしろ文章、すなわち、随筆の優れた書き手として活躍する。

「物言へど猫は答えぬ寒さかな」。これも寅彦の大正十一年の俳句。小説「吾輩は猫である」を書いた漱石先生を思い浮かべた句であろう。先生は猫と話が通じたが、自分には猫がいっこうに答えてくれない。それだけに漱石先生がなつかしいのだ。

私にもなつかしい何人かの先生がいる。その一人は一谷定之《さだの》丞《じょう》先生。この先生、発想が奇抜なまでに大胆、そしてフットワークが実に軽かった。兵庫県の教育長、副知事などを経て女子大学の経営にあたられた。

先生が教育長のとき、小学校の校長承認試験の面接で、「君はメダカが好きか、カバが好きか」という問題を出した。その年はカバと答えた人だけが校長になった。メダカではあまりにも発想が陳腐、というのが先生の言い分。大学教師が生業の私には、定之丞先生が理想の教師像である。

28 朝の時空を埋める音

「午前四時、紙を貼りたる壁の穴わずかにしらみて窓外の追い込み籠に鳥ちちと鳴く、やがてスズメ、やがてカラス。午前五時、戸をあける音水くむ音世の中はようように音がちになる。午前六時、靴の音茶碗の音子を叱る声拍手の声善の声悪の声千声万響ついに余《よ》の苦痛の声を埋め終る」

以上は正岡子規の随筆集「墨汁一滴」の一節。今日の表記法に変えて引用したが、明治三十四年六月の東京根岸の朝のようすが手に取るようにわかる。「音がち」になって平常の一日が始まる、という点は今日も同じ。

子規は病苦で眠られないままに外の音を聞いたのだが、実は私も早朝の音を楽しんでいる。午前五時に新聞配達のバイクの音。午前六時に前の家の車のエンジン音。やがて窓がしらみ、カラスの声、そして近所の犬の声。午前六時半、あちこちで窓のシャッターを開ける音、犬の散歩の人たちのあいさつの声。わが家の犬もクゥンと散歩を催促して鳴く。

これは冬の音だから、夏だと一時間半は繰り上がり、カラスの声に続いて、スズメ、ホオジロ、ヒバリなどが鳴く。まずカラスの声がするのは、隣の広い墓地にカラスが群れているため。

「日に烏《からす》それがどうして春の朝」。これは明治二十九年の子規の俳句。朝日の中にカラスがいる。春の朝だから、もっと別の鳥がいてくれるとよいのに、という意味。子規のこの気持ち、私にはとてもよくわかる。ちなみに、私の朝の俳句は、「日本の春はあけぼの犬の糞《ふん》」。

私は数年前から朝型の生活をしている。空が明るむころに起き、犬と約一時間歩く。田畑や雑木林で草花や小鳥を楽しむのだ。原稿などを書くのはその散歩のあと。夕方は人と会ったり飲んだりして、十時ころには早々と寝る。この暮らしは快適。朝の時空を発見した気分であり、犬の糞までが新鮮に見える。

ところで、少年時代に、上田敏の訳詩集「海潮音」（明治三十八年）の「春の朝」を覚えた。「時は春／日は朝《あした》／朝は七時／片岡に露みちて／揚雲雀《あげひばり》なのりいで／蝸牛《かたつむり》枝に這《は》ひ、／神、そらに知ろしめす／すべて世は事も無し。」

この詩の気分が今やっと実感的にわかる感じ。もちろん、実際の世間にはいつも波風が立っている。だが、朝の散歩のひととき、「すべて世は事も無し」と口ずさむと、波風に立ち向かう勇気のようなものがおのずと心身に満ちる。そんな気がする。

29　さまざまな道

「まっすぐな道でさみしい」「どうしようもないわたしが歩いている」。これは種田山頭火の自由律句。句集「草木塔」（昭和十五年）にあるが、非定型で口語の自由律句は大正から昭和にかけて流行した。

山頭火は行乞《ぎょうこつ》、すなわち修行としてたく鉢をする旅の暮らしをした。もっとも、飲み助で、飲めば正体をなくするだらしない放浪者だった。引用した二句はそんな自分を客観化したもの。

山頭火を知ったのは、四国にいた高校生のころ。私の生家は遍路道からそれていたが、それでもときどきたく鉢の人が門口に立った。村のお堂には遍路のような人がしばしば泊っていた。そんな人の中に山頭火に似た旅人もいるだろうなと思い、放浪がひそかなあこがれになった。

もっとも、急速に自動車が普及したため、今では道を歩く放浪などははやらない。道そのものが、人の歩く道から車道へと変化してしまった。それでも、道は俳句でさまざまに詠まれている。

「水の流れる方へ道凍《い》て恋人よ」。これは句集「桜島」（昭和五十年）にある鈴木六林男《むりお》の俳句。凍てた道は恋人たちの切迫した心情そのもの。

「バスを待ち大路の春をうたがはず」は石田波郷（「鶴の眼」昭和十四年）。眼前の道が、自分の未来につながる道と重ねられている。この道は希望に至る道だ。

「泉への道後れゆく安けさよ」。これも波郷（「春嵐」昭和三十二年）。人々におくれることを安らかな気分として誇っている。急がずにゆっくり行こうという緩歩の思想がこの句にはある。

「はたはたや退路断たれて道初まる」は中村草田男（「来し方行方」昭和二十二年）。はたはたはバッタだが、追い詰めたバッタが意外な方角に飛んで逃げたのである。つまり、バッタは退路を断たれて新しい活路を開いた。

この草田男の句は高村光太郎の詩を思い出させる。「僕の前に道はない／僕の後ろに道は出来る／ああ、自然よ／父よ／僕を一人立ちさせた広大な父よ／僕から目を離さないで守る事をせよ／常に父の気魄《きはく》を僕に充《み》たせよ／この遠い道程のため／この遠い道程のため」。

詩集「道程」（大正三年）のタイトルになった詩だが、光太郎にとって道は自分自身で開くものだった。

「さて、どちらへ行かう風がふく」も「草木塔」の山頭火の句。私のたどって来た道は、自分で開いたというよりも、周囲に助けられて偶然に開けたという感じ。おそらく今後もそうなのだろう。

30 破格と反抗の伝統

団体旅行で、たとえば海の見えるすてきな展望台に立ったとき、だれかがきっと、「ねんてんさん、一句いかが」と言う。ねんてんさんは俳人、このすばらしい風景を見た記念を俳句に残してください、というのだろう。

だが、俳人としてはこんなときが一番困る。芭蕉だって日本三景の一つの松島を前にして、「松島やああ松島や松島や」としか詠めなかったというではないか。もっとも、これは芭蕉になぞらえた作り話。ともあれ、芭蕉にもできないことがねんてんに簡単にできるわけはない。

なにがむつかしいのか。わずかに五七五音の言葉で、眼前の景色をしのぐことが容易でないのだ。それに、眼前に美景があるのに、それをわざわざ俳句でなぞる必要はない。つまり、「きれいだなあ」と景色に感動した場合、それでもう十分。言葉にとどめたところで、すでにごちそうは食べた後、という感じなのだ。

というわけで、私の俳句は日々の記録や日記ではない。言葉を五七五音に組み立てることによって出現する、ちょっとした言葉の世界だ。言葉を絵の具や音符のように扱うと言ったらいいだろうか。

「たんぽぽのぽぽのあたりが火事ですよ」。これは平成九年の春に作った私の俳句。「えっ、こんなのが俳句？」と思う人があるかもしれにないが、「えっ、こんなのが？」と驚くようなものが伝統的な俳句である。きれいな風景を写生したり、感情や出来事を記録した俳句が広まっているが、そんなものはここ百年の新種、しかも平凡な新種にすぎない。

私の俳句では「たんぽぽのぽぽ」が問題だ。ぽぽって何だろうか。どこかにあるのだろうか。この句を鑑賞した女子高生は、「ぽぽはたんぽぽの夢工場。つまり、たんぽぽたちの夢が生まれているところです。そこが火事になって、たんぽぽたちが、火事ですよ、と驚いているんです」と書いてくれた。まさに夢のある鑑賞で、作者としては大満足。

そうかと思うと、ある中年男は、出会った途端に耳に口を寄せ、「やるね、ねんてん。火事状態になるほど、まだ元気なの？」と言った。作者としては不可解だが、その人、いろんな機会に、「ぽぽの句はエロスに満ちた近来の名句だ」と宣伝してくれている。

「俳句は破格であり、又尋常に対する反抗」（「笑いの本願」昭和九年）。これは民俗学者の柳田國男の意見。柳田の言う俳諧は江戸時代の連句だが、俳諧の破格と反抗の伝統は、俳句にもまた継承された、というのが私の考え。私は俳句の伝統派である。

（Ｐａｒｔ２の原稿は、平成10～11年にかけて共同通信社から京都新聞、愛媛新聞などに配信、掲載されたものを、若干の修正を加えて再構成したものです。）

あとがき

昭和という時代はずいぶん昔になった気がする。大好きな詩人・井川博年に「いまいずこ」という詩がある（「抒情文芸」二〇一二年春号）。昔いたおじいさんとおばあさんを描き、「みんなどこへ行ってしまったのだろう」と結んでいる。その詩のおじいさんの場面を引こう。

田舎の母の実家にいるおじいさんは
着物を着て炬燵に入ってお茶を飲んで
新聞を読みテレビで相撲ばかり見ていた。
おじいさんは生まれた時からおじいさんで
まるで置物みたい。帰りがけにも
「勉強するんだよ」としかいわなかった。

これは昭和のおじいさんである。都会にすんでいるおじいさんもさほど違いはなかった気がする。

では、平成のおじいさんはどうか。私などがまさにそうなのだが、「置物みたい」という存在感を失くしたのではないか。着物でなくジーパンなどを履いて、孫とサッカーの応援などに行っているだろう。おじいさんは軽くなったが、それはそれでいいのかもしれない。もっとも、昭和のおじいさんよりもうんと長生きしそうなので、先行きに不安がある。その不安（死とか病気などの）をエネルギーというか活力に転換できたら、今までの歴史にはいなかった新しいおじいさん、おばあさんが出現するかもしれない。死を深々と抱えこみ、行動しながら考える老人だ。

この老人、生きるということを考え続ける。散歩をしながら、孫と遊びながら、野菜を栽培しながら、あるいは俳句を作ったり料理を作ったりしながら、自分が生きていることの意味を問い続ける。結論とか判断をできるだけ避ける。人生はこんなものだろう、とか、老人はこうでなくちゃ、とかは考えない。それを考えて結論を出すと思考停止に陥る。「置物みたい」な老人になってしまう。

なんだか、こむずかしい話になったが、背伸びしてこむずかしいことをわざとしてもよい。ギリシャ哲学を議論するグループを作るとか、言語の発生を論じる会を開くとか。居酒屋、あるいはたんぽぽの咲く野原で、そういうことを議論する老人が集まったら、それはそれで愉快だろう。

もっとも、考える素材として観察したり見聞したりすることも必要だ。フットワークを軽くして動きまわり、たとえば、蟻の歩き方、柿の四季、カバの昼寝の仕方などを観察したい。生産や経済などにはあまり関わりのないこと、そういうことを事細かに調査、観察するのだ。なんだか楽しいではないか。考えが深まる気がする。

というところで、つまり気分がよくなったところで、この「あとがき」を終わりにしたいが、この本、安達一雄さんの勧めで書くことになった。私が書き渋っているうちに安達さんは教育評論社を退職してしまった。私より早くに考える老人に突入したのだ。でも、退職してもねんてんさんの本を私がやります、と根気よくつきあってくださった。それでこの本の前半「五七五という戦後」を書き下ろすことができた。後半の「五七五の面影」は平成十一年に共同通信社の依頼で書いたもの。五十回にわたって全国各地の新聞、たとえば「京都新聞」「神戸新聞」「愛媛新聞」などに連載された。本書にはその約三分の二を収録した。

本の構成を考え、章題を付け、書名を考えてくれたのも安達さんである。この本に関しては、安達さんがもっぱら考える人、私はあまり考えない著者であった。

さて、時は春。今日四月二十二日は私の誕生日である。六十八歳にもなったことに自分で驚いている。昭和を生きていた日々、この年齢になる自分を想定していなかった。そういう意味では想定外の今を生きている。人生はいつでも想定外なのだろうが、それだけに逆に自分でじっくり考えたい。なんだか殊勝な気分の〈ねんてん〉である。

〈著者略歴〉

坪内　稔典（つぼうち　としのり）

1944 年愛媛県生まれ、現代俳句の代表作家、「ねんてん」の愛称で親しまれている。

現在、俳句グループ「船団の会」代表。佛教大学文学部教授。

動物のカバが好きで、カバにまつわる詩歌も多い。

著書に『季語集』（岩波新書 2006 年）、『坪内稔典句集 2』（ふらんす堂 2007 年 現代俳句文庫）、『カバに会う 日本全国河馬めぐり』（岩波書店 2008 年）、『水のかたまり 句集』（ふらんす堂 2009 年）、『正岡子規の＜楽しむ力＞』（日本放送出版協会 生活人新書 2009 年）、『モーロク俳句ますます盛ん 俳句百年の遊び』（岩波書店 2009 年）、『正岡子規 言葉と生きる』（岩波新書 2010 年）など多数。

俳句の向こうに昭和が見える

二〇一二年六月二十日　第一版第一刷発行
二〇一二年七月二十四日　第一版第二刷発行

著者　坪内稔典
発行者　阿部黄瀬
発行所　株式会社　教育評論社
〒一〇三－〇〇〇一
東京都中央区日本橋小伝馬町２－５　F・Kビル
TEL〇三－三六六四－五八五一
FAX〇三－三六六四－五八一六
http:／／www.kyohyo.co.jp

印刷製本　萩原印刷株式会社

定価はカバーに表示してあります。
落丁本・乱丁本はお取り替え致します。

ISBN 978-4-905706-71-7